U0026186
噬血狂襲
人偶師的遺產 APPEND 1
三雲岳斗
illustration
マニャ子
Kadokawa Fantastic Novels

Contents

Astarte
Natsuki Minamiya
Tartaruga-Kun
Masked Bunny(?)

人偶師的遺產

1

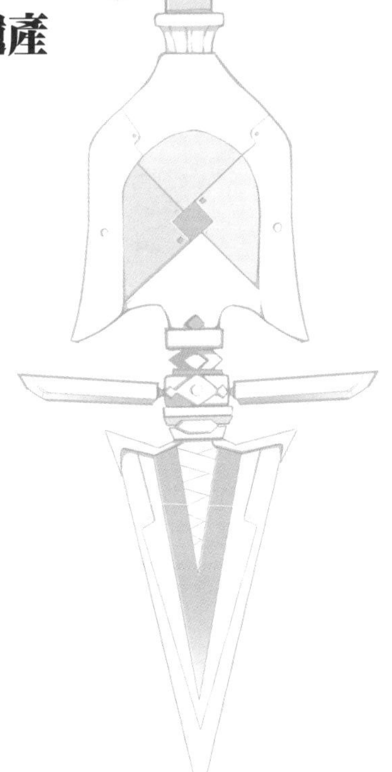

三雲岳斗 illustration マニャ子

Kadokawa Fantastic Novels

序
Intro

高聳的鋼筋鐵柱，還有以魔法強化過的塑膠天空。

死氣沉沉的地下街道深達好幾層，被眩目的人工燈光照耀著。

在絃神島中，最能讓人感受到「魔族特區」風範的近未來景象——人工島北區。有企業及大學的實驗設施林立，腹地廣闊的研究所街。

那棟建築，被棄置在缺乏人情溫暖而無生氣的街區一隅。

總公司設於歐洲洛坦陵奇亞的醫藥品大廠，斯凱爾特製藥公司的研究所舊址。

幾近呈長方體的大樓內有會讓人聯想到教會聖堂的挑高大廳。

在無人的通道角落微微積了灰塵。

代替彩繪玻璃排在牆際的是圓筒狀水槽。

水槽直徑各為一公尺左右，高度應不滿兩公尺。左右共約有二十座，設置得井然有序。

那是用來創造人工生命體（Homunculus）的容器，名叫調整槽。

在過去，這裡曾是將人工生命體技術應用於新藥的實驗設施。

然而，由於過度競爭與伴隨收益低迷而來的經營惡化，斯凱爾特製藥公司已從絃神島撤出，這棟研究所應該也在當時封閉了。

儘管如此，調整槽中卻注滿琥珀色液體，循環幫浦和過濾器正靜靜地發出運作聲，還有個藍色頭髮的人工生命體少女漂浮在溶液裡沉睡不醒。

少女的肌膚上有如電子迴路的複雜圖案正浮現藍白光芒。

將魔法術式轉印至活體組織的術紋。

有個穿磨損牛仔褲的修長男子正看似滿意地仰望那道術紋。

頭髮長而雜亂，手裡則拿著金屬製威士忌酒瓶。將白袍直接披在赤裸上身的模樣，看來不像醫生或科學家。氣質類似趕不上時代的搖滾歌手，抑或反社會的藝術家。

這名白袍男子忽然回過頭，揚起嘴角笑了。

正好是在沉重腳步聲從他背後傳來的時候。

「唷，是你啊……下午祈禱完了嗎，殲教師大人？」

男子語帶挖苦地朝接近而來的高大人影喚道。

調整槽後頭出現了像聖職者一樣身披法袍的男子。

將金髮修得像軍人一樣短的高個子外國人。

左眼戴著眼罩般的金屬單眼鏡。

體格本就壯碩的他身上穿的法袍底下還能看出有金屬鎧甲。是軍用的裝甲強化服。

身為西歐教會的主教，同時又習有高階辟魔師之驅魔技能的特殊聖職人員——洛坦陵奇

亞的殲教師。

他的名字是魯道夫．奧斯塔赫。

「亞絲塔露蒂的調整手續有進展嗎，人偶師？」

奧斯塔赫用溫和的語氣問男子。委託男子對藍髮人工生命體——亞絲塔露蒂進行調整的就是這名殲教師。

「術紋已經改寫完畢啦。是吧，史娃妮塔？」

被稱作人偶師的男子漫然喚了一聲——於是，從他背後的那片黑暗中冒出了有東西起身的動靜。那是穿著銀色禮服的苗條倩影。

「我表示肯定。離覆寫的術紋完全滲透肉體，還剩四小時十五分鐘。」

被稱作史娃妮塔的人影用毫無抑揚頓挫的生硬嗓音回答。

有著純白秀髮的十幾歲少女。

左右完全對稱的人工美貌，和亞絲塔露蒂十分相似。

不過她的造型與動作之流暢，早已超脫人工生命體的範疇了。那並非生物，而是和繪畫及雕刻一樣，屬於藝術品的美感。

奧斯塔赫對史娃妮塔那樣的美貌一眼都不瞧，又繼續問道：

「委託你的術式，已經完成了對吧。」

「當然啦。你以為我是誰？」

人偶師露出傲然臉色，粗魯地拿了威士忌酒瓶豪飲。酒精的濃烈氣味在四周瀰漫開來。

「話雖如此，你帶來的七式突擊降魔機槍（Schneewalzer）戰鬥數據有派上用場喔。虧你能弄到那玩意兒。那是獅子王機關的祕藏兵器吧？你受了神明的指引嗎？」

「你身為叛道者，要跟我談神的旨意？」

奧斯塔赫不悅似的蹙眉了。

殲教師如此正經八百的反應，讓人偶師從喉嚨格格發笑說：

「別擺那種恐怖的臉。瞧，這是模擬出來的結果，你會好奇吧。」

人偶師漠然舉起右手。

名叫史娃妮塔的人偶動作流暢地操作控制台，將數據顯示在調整槽的電腦上。內容是人工眷獸植入亞絲塔露蒂體內以後所得到的最新能力值。

「果然無法將魔力完全無效化嗎？」

奧斯塔赫平淡地嘀咕了一句。話說得遺憾，卻聽不出由衷失望之情。他大概從一開始就料到了這樣的結果。

「雖然勉強用了人工眷獸的龐大魔力來彌補，基底終究只是人工生命體，沒辦法和獅子王機關的劍巫比擬。」

人偶師吐著酒氣，聳肩表示。

「不過呢，即使無法完全無效化，單就反射魔力也還行得通吧。剩下的就靠硬拚了。」

「這樣足夠了。只要能打破基石之門的結界就行。」

奧斯塔赫嘀咕的語氣流露了堅定的決心。

基石之門是位於絃神島中央的建築物名稱。這座巨大複合建造物連接了組成絃神島的四座人工島（Giga Float），更被賦予支撐整座島嶼的基石之職。而基石之門最底層就是奧斯塔赫的目的地。

而且為了入侵基石之門，奧斯塔赫準備的「道具」便是亞絲塔露蒂。要突破受強大結界保護的隔離牆，植入她體內的人工眷獸以及神格振動波驅動術式是不可或缺的。

「只不過，這次重新調整讓亞絲塔露蒂的壽命減短了不少。」

人偶師仰望浮在調整槽的人工生命體少女，如此說道。或許是出於心理作用，他的語氣聽來像在責備身為委託者的奧斯塔赫。

「我好不容易才把這傢伙的壽命設定成普通人的幾十倍。照這樣繼續用眷獸，她頂多只能再活兩三週。」

「不成問題。時間那麼多，要讓這座島完全沉沒綽綽有餘。」

奧斯塔赫斷言的口吻很是冷漠。

對身為聖職者的他而言，違背天理創造出來的人工生命體與可憎的魔族屬於同類，就算用完就丟，良心也不會受苛責。

人偶師默默地搖頭，並轉身背對奧斯塔赫。亞絲塔露蒂早已調整完畢，來自殲教師的委託達成了。他的工作已經結束。

「傷腦筋。這男人不懂得東西的價值。」

白袍男子帶著美麗的人偶少女走向研究所外。他煩悶地撥起長髮，嘴邊浮現對殲教師的不屑。

「人偶這東西，就是能永遠活下去才有價值啊。即使身為擁有者的人類亡故，依然要存續。妳說是吧，史娃妮塔？」

男子狀甚疼愛地朝純白頭髮的人偶喚道。

人偶少女依舊面無表情，靜靜地點了點頭。

「我表示肯定——」

「轉學頭一天」

暑假放完隔天，教室裡的話題全都圍繞著她。插班到彩海學園國中部就讀的非應季轉學生，揹著貝斯樂器盒的嬌小黑髮少女。

然而看見她和級任導師一起在班上出現，同學們卻有了不安。因為她實在太漂亮，讓人不敢隨便搭話。端整得令人驚豔的外貌，還有近似精美刀械的清冽氣質，都賦予她難以親近的印象。

「那麼，麻煩妳做自我介紹嘍。」

級任導師這麼吩咐以後，她走到講台前。教室被奇妙的緊張感所支配。在同學們屏息守候下，她靜靜地開口：

「——我、我叫姬柊雪燦。」

霎時間，同學們心想：

「吃螺絲了。」「她講話吃螺絲耶。」「吃螺絲啦。」

「……………」

只見轉學生默默地低下頭，臉頰逐漸變紅。

同學們看到她那樣便懂了。這個漂亮得嚇人的轉學生，內在其實是個普通女生，而且她也在緊張。

「好可愛。」「好可愛。」「很討好的可愛。」

原本籠罩著教室的緊張感得到紓解，柔和的笑聲與掌聲隨之而至。

這是姬柊雪菜在轉學頭一天發生的事。

第一話
學長，請保重
-Vampire's Flu-

1

「啊啊啊啊！你還在睡！」

夢鄉中的曉古城被妹妹用高八度的叫聲挖起來了。

換好制服的曉凪沙扒掉古城蓋的棉被，還將房間的窗簾一道接一道拉開。這在曉家是稀鬆平常的景象。

對夜行性的吸血鬼來說，在強烈的朝陽沐浴下早起跟地獄一樣痛苦。人稱世界最強吸血鬼的第四真祖也不例外。

但是凪沙不曉得哥哥有這樣的隱情，就毫不留情地抓著古城的背猛晃。

「起來啦，古城哥！天亮了！你又要遲到嘍！剛才我已經叫醒你一次了吧！」

「……妳少在別人耳邊鬼吼鬼叫。我的頭都被妳喊痛了。」

趴著睡覺的古城一邊細聲嘀咕一邊抬起臉。古城是公認的愛賴床，但今天他的聲音比平時還要虛弱。

凪沙有些傻眼地把手抵在腰際，低頭看著古城說：

「因為社團要開會，人家先出門了喔。早飯幫你準備好了，要記得吃。沙拉裡的番茄不可以留下來！」

「喔～～……知道啦知道啦。」

古城懶散地對妹妹揮揮手。他聽著凪沙急忙出門的腳步聲，慢吞吞地爬起床。霎時間，他感覺到些許寒意，連續打了好幾個噴嚏。鼻涕差點順著重力滴落，他連忙抽了面紙擦掉。

「唔～～……這是怎麼搞的？被奧斯塔赫大叔幹掉時留下了後遺症嗎……？」

不明原因的身體不適感讓古城困惑地搖了頭。

腦袋陣陣發疼，全身沉重，關節不順，每次呼吸喉嚨都會痛。感覺並非單純睡眠不足。

內心有數的古城最先想起了魯道夫・奧斯塔赫。被那個來自洛坦陵奇亞的殲教師用巨大戰斧痛劈，差點讓古城沒命。精確來說，他一度死透了。靠著吸血鬼真祖身上詛咒般的再生能力，古城姑且是活過來了，但即使有看不見的傷害殘留也不足為奇。

餐桌上擺著凪沙準備好的早餐。

今天早上的主餐是豬排三明治。內容沿用了昨天晚餐剩下的炸豬排，不過切細的高麗菜絲還搭配摻了八丁味噌的特調醬，味道很是講究。雖然看起來就相當美味，身體不適卻讓古城沒有食慾。果然好像有內虛的症狀。

「抱歉啦，凪沙。我之後會吃。」

古城自言自語對妹妹賠罪，將豬排三明治包上保鮮膜放進冰箱。

當他東摸西摸時，非得出門上學的時間仍在逼近。

儘管古城拖著一身沉重的倦怠感，還是換上了制服，打開玄關的門。於是——

「——早安，學長。」

有個女學生跟凪沙一樣，穿了彩海學園國中部的制服，站崗似的在公寓走廊上等古城。

揹著黑色吉他盒，相貌清秀的少女。體型瘦小，卻不會讓人覺得嬌弱。倒不如說她就像精美的刀械，給人柔韌有勁的深刻印象。

獅子王機關的劍巫，姬柊雪菜——

政府特務機關派來監視古城的實習攻魔師，或者也可稱作國家公認跟蹤狂的國中生。

「我說啊，姬柊……妳也不用像這樣每天早上都等在我家門前吧。」

古城看著默默仰望過來的雪菜，並語帶嘆息地提出忠告。

就算是公寓的走廊，在早上通勤時段多少也會有他人的目光。雪菜的長相本就醒目，假如她守著古城的模樣被其他住戶看見，怕是會傳出奇奇怪怪的流言。

「不。因為監視學長是我的任務。」

然而，雪菜斷然如此回答並搖頭。看來她無意放鬆監視。何止如此，雪菜還盯著古城，來到他眼前問：

「不說那些，學長，出了什麼狀況嗎？」

「嗯？妳是指什麼？」

「沒有。畢竟學長的臉色似乎不太好……聲音也有點沙啞。」

「我不是每天早上都這種調調嗎？早上這種直射的陽光對吸血鬼很傷啦，受不了。」

古城望著亂晴朗的天空，生厭地嘀咕了一句。

絃神島是位於太平洋正中央，漂浮在東京南方海上三百三十公里處的人工島。南國特有的強烈陽光正逐漸剝奪古城的體力。

「吸血鬼……」

雪菜警覺似的蹙眉，還用觀察的視線看向古城。

古城感到尷尬，仍隨口笑著說：

「即使如此，還好今天倒是滿涼爽的。應該說，感覺有點冷？」

「冷？」

雪菜聽了古城嘀咕的內容，臉色變得更加狐疑。

「呃，學長……抱歉，能不能請你稍微蹲下？」

「蹲下……像這樣嗎？」

古城照吩咐彎下膝蓋，個子小的雪菜正好變得跟他目光同高。雪菜確認以後便點頭。

「是的。謝謝學長。」

話一說完，她就突然迎面朝古城湊過來，還隨手撥起古城的瀏海，再將自己完全露出來的額頭朝古城的額前貼上去。

這段期間，古城僵得什麼也無法思考。

彼此的嘴脣距離不到十公分。要是他亂動，好像會直接相觸。

「姬、姬柊？」

「請學長就這樣別動。」

「呃……話、話是這麼說啦……」

光是雪菜的端整臉孔在眼前就讓人不安分了，古城還接觸到她身體的一部分。何況雪菜的頭髮飄來難以言喻的香味，這種狀況下要人別動實在有困難。

雪菜卻與心慌的古城呈對比，露出險惡的臉色表示：

「果然沒錯……！」

「咦？」

「學長，你發燒了。」

「發燒……妳是說我嗎？」

古城訝異地眨了眼。

雖然古城不曉得吸血鬼的正常體溫在什麼範圍，但被人這麼一說，他有自覺體溫似乎比平常略高。雪菜摸他耳朵的手指感覺格外冰涼。

「學長，難道你感冒了？有沒有感覺到什麼症狀？」

「呃，並沒有。頂多有點渾身無力，然後身體到處都在痛。另外就是偶爾會咳嗽、打噴嚏和流鼻水……」

「那不就完全是感冒的症狀嗎？」

雪菜傻眼地嘆氣，古城則是尷尬地轉移視線。

「也是……被妳這麼一說，確實如此。」

發燒、畏寒、頭痛、關節痛、肌肉痠痛與鼻水、噴嚏。典型到讓人吭不出聲的感冒。

「可是，那不會很奇怪嗎？我有可能感冒嗎？」

「呃，學長……民間說笨蛋不會感冒，其實是迷信喔。」

雪菜用有些同情的眼神望著古城說道。

古城忍不住猛咳。

「這我曉得啦！還有話題怎麼會變成因為我笨，所以不會感冒！」

「啊……對不起……那個，我還以為……」

以為什麼？如此心想的古城喘吁吁地吐氣。

「不是那樣啦，我要談的是不老不死的吸血鬼會感冒嗎！」

「是、是喔……原來是這麼回事。」

雪菜終於聽懂古城提問的用意，便有些心急地繼續說明。

「雖然這不太為人所知，魔族特有的感染症也是存在的。尤其絃神島上聚集了從世界各地來的眾多魔族，人口密度又高，所以學長大概是不知不覺中在某處接觸到帶原者(Carrier)了。」

「意思是有魔族才會發作的病嗎……」

「是的。從學長的症狀來判斷，我想恐怕是名叫吸血鬼感冒的病。」

「這名字還真是原汁原味耶……唉，無所謂啦。」

古城鬆口氣似的說。儘管病名不太體面，平易近人仍是事實。

「聽說只要是吸血鬼，任誰都會得一次這種病。小時候得過會免疫，以後好像就很少會發病了。」

「這樣喔……像我是才剛變成吸血鬼……」

「對啊。學長大有可能是缺乏免疫抗體才導致發病的。」

雪菜冷靜地點出癥結。

曾為平凡人的古城是在短短幾個月前才陰錯陽差得到了吸血鬼之力，他身上當然會缺乏魔族特有的疾病抗體。

「那麼，這種病不會傳染給普通人嗎？」

「嗯，恐怕不會。畢竟是吸血鬼特有的症狀。」

「既然這樣，去上學似乎也不會有問題嘛。」

「……咦？」

雪菜將古城無心的發言聽進去之後，睜大了眼睛。

「不可以，學長！感冒的時候要靜養才行！」

「話是這麼說啦……這終究只是小孩子得的病吧？我也有點擔心出席的天數，發這點燒應該還撐得過去。」

「不，據說成人以後才罹患吸血鬼感冒就很容易惡化，會連續發高燒好幾天，或者變得情緒不穩定而冒出奇特舉動……呃，還有，對生殖機能也會留下後遺症。」

雪菜拚命說服態度欠缺緊張感的古城。

「生、生殖機能……？」

古城不免感到動搖。對生殖機能造成傷害，意思大概就是指失去男性雄風而絕子絕孫。

「是的。所以說，那個，我想學長還是乖乖養病比較好。」

「也、也對。感冒最關鍵的時期就是剛得的時候嘛。」

古城大力地表示認同。實際上的問題在於，或許是自覺得了感冒的關係，他全身上下突然變得更倦怠了。用不著雪菜叮嚀，在這種情況要上學似乎很吃力。

「請學長注意保暖，然後好好休息。我會幫忙的。」

古城搖搖晃晃地打算走回家，雪菜便悄悄從背後攙著他。

「妳說幫忙……欸，姬柊？學校那邊呢？」

古城困惑地反問了一句。發病的古城也就罷了，連身體狀況無虞的雪菜都缺課，應該說不過去。即使如此，雪菜仍毫不遲疑地搖頭說：

「我今天會請假。畢竟我必須替凪沙照料生病的學長。」

「呃，可是我沒理由麻煩妳那麼多，再說也沒什麼事情需要妳幫忙——」

古城用困惑的語氣說道。

霎時間，雪菜氣悶地噘起嘴脣。她似乎把古城的話聽成自己在也幫不上忙的意思。

「不，即使來硬的我也要幫忙照顧。因為我是學長的監視者！」

雪菜莫名其妙用賭氣似的語氣強調。

古城看雪菜好像真的會拿出銀色長槍，便不再抵抗。

古城裹著毛毯躺在客廳的沙發上，一個人茫然地望著電視。正好在播晨間的烹飪節目。

而在古城旁邊，雪菜翻閱著像辭典一樣厚的書。她擺在身邊的是疑似獅子王機關公發的沉重鋁箱，還有附近超市的購物袋。

「我說啊，姬柊。」

「是的。請問有什麼事？」

雪菜依然看著書本，對看似不安的古城應了聲。

「我從剛才就很好奇，妳那本……是什麼書？」

「這是醫學書。我在查吸血鬼感冒的治法。」

雪菜說著就把讀到一半的書朝古城攤開。書上密密麻麻印著費解的化學式及圖表。對付區區感冒，為什麼要查那麼正式的學術論文？古城反而感到害怕了。

「是喔……姬柊，那妳買來的那些東西又是……？」

「這是材料。用來調藥的。」

「藥？」

「是的。既然在『魔族特區』，我想馬上就能開出吸血鬼感冒這種小病的處方藥，但學長屬於未登錄魔族，去看診會造成麻煩呢。」

「啊，對喔。我沒有魔族登錄證，所以沒辦法看醫生……」

古城板起臉看了自己的手腕。在「魔族特區」，登錄魔族的醫療開銷是免費的，連禁止賣給普通人的魔族醫藥品都弄得到。不過，那僅限登錄為市民的正常魔族。

從凡人變成真祖的古城本來就已經是極為特殊的吸血鬼，假如冒冒失失地跑去醫院而讓身分露餡，光想像會造成多大的騷動就夠恐怖了。

「所以嘍，由我來調製藥品。」

古城因為事情變得麻煩而沮喪，雪菜便對他微笑並自信地挺胸表示。

「妳會……調藥？」

「雖然是用傳統的製作方法，但藥效成分跟市面上的醫藥品一樣。幸好有弄到材料。」

雪菜說著拿出了藥研。在時代劇之類的影集常會看見這種用來碾藥的器具。

那古色盎然的模樣讓古城投以狐疑的眼光問：

「哦……妳說的材料有哪些？」

「這個嘛，首先有蔥。」

在雪菜蒐購的材料當中，確實可以看到新鮮的青蔥。

「蔥？」

「是的。把烤過的蔥圍在喉嚨，蔥含有的二烯丙基二硫成分會刺激黏膜，讓喉嚨的疼痛

以及鼻塞得到緩和。」

雪菜威風地挺胸，用得意似的語氣說明。古城則乏力地從沙發滾落並吐槽：

「妳這是老奶奶的生活小智慧嗎！跟吸血鬼根本沒關係吧！」

「啊，還有大蒜喔！大蒜的強力殺菌作用與滋養效果，最適合用來治療感冒。」

「我想那確實有效啦，不過逼吸血鬼吃大蒜對嗎……？」

古城瞅著雪菜問了一句。唔──雪菜為之語塞。

「不、不然還可以攝取從鱉取得的鮮血……！」

「就算我是吸血鬼，也不代表吸了血就能解決任何問題啦！」

古城瞪著雪菜拿出的小瓶子大罵。感冒時本來就沒食慾，要喝鱉血門檻未免太高了。

準備的補給品全被打回票，使得雪菜有些鬧脾氣地把嘴脣抿成一線說：

「是嗎……那麼，果然還是只能用這個了。」

雪菜帶著緊張的臉色把手伸到牢牢鎖著的鋁箱蓋子上。

「那個是？」

「用於咒術的觸媒。原本是為了下毒暗殺才會使用的材料。」

「下毒……！」

古城的聲音尖得變了調。

雪菜是獅子王機關派來的第四真祖監視者。據說在她判斷人類會受其危害的情況下，是有權抹殺古城的。換句話說，這所謂的觸媒就是準備用來暗殺古城的玩意兒。

「之前在宿舍跟我同房的室友特地寄了這個給我。她表示事有萬一時就可以用。」

「前室友寄毒藥過來是正常的嗎！那傢伙是什麼居心啊？」

「呃，不要緊的。中世紀的知名鍊金術師也說過：毒藥即良藥。別弄錯用量的話就不會出事。」

「我可是一點也無法安心！反而更不安了啦！」

古城嘔氣似的歪了嘴。在中世紀，有許多鍊金術師由於水銀一類的藥物而中毒喪命是廣為人知的事情。

「欸，姬柊，這麼說來，我因為沒食慾，都還沒吃早餐耶。」

古城忽然間想到，就硬是換了個話題。雪菜有些訝異地眨起眼睛。

「咦？是喔？」

「是啊。所以說，別吃藥比較好吧。妳想嘛，效力強的藥要盡量避免空腹時服用啊。」

「說得對。學長的意見確實有道理。」

雪菜帶著認真的表情陷入沉思。基本上她是直腸子性格。

對對對——古城動作誇張地點頭表示。他企圖靠這種方式爭取時間，把吃藥的事情蒙混

過去。

但雪菜緩緩站了起來，然後走向廚房說：

「那麼，在調藥以前，我先幫學長準備吃的。凪沙的圍裙借我用喔。」

「咦？姬柊，妳說要準備吃的……是由妳下廚嗎？」

雪菜的反應出乎意料，讓古城掩不住疑惑。在這段空檔雪菜就穿上圍裙，還突然從自己的書包底部拿出了短刀。

「嗯，當然了。煮稀飯的話，學長吃得下嗎？」

「等一下……妳拿那把大野戰刀是要幹嘛？」

古城看雪菜握著粗獷的軍用短刀，聲音便隨之發抖。

然而，雪菜卻不解似的愣愣偏過頭說：

「不是說過了嗎，要煮稀飯啊。我會用這個切蔥當佐料，還有熬湯底。」

「菜刀呢？總有菜刀吧！」

「有的。不過，還是用習慣的刀具比較方便。畢竟用這個，連豬的大腿骨都能切斷。」

「不不不，稀飯的湯底不需要用豬骨燉啦！又不是配拉麵的湯！」

古城忍著喉嚨的疼痛拚了命吐槽。

「就別管什麼用不用得慣了，說起來，妳會做飯嗎……？」

「是的。我當然會。」

雪菜大概是把古城說的話當成挑釁，就毅然決然地回答他。

「我在獅子王機關也有受過求生訓練，單論知識，我大略都懂，姑且也學了屠宰野豬和殺鱉的方式。」

「現在不必用那些知識啦！」

饒了我吧——古城仰頭朝向天花板嘀咕。不知道雪菜是否明白古城這樣的心境，她匆匆穿上借來的圍裙，趕著開始準備下廚。

3

古城醒來是隔了幾小時之後的事。

他應該是吃了雪菜煮的稀飯，還被逼著吞下她調製的藥，在那前後的記憶卻不翼而飛。勉強試著回想，全身就冒出不明原因的顫抖。或許世上也有忘掉才比較幸福的事。

「你醒了嗎？」

懶洋洋地躺著翻身的古城耳邊有關心的說話聲傳來。猛一看，雪菜正一臉擔心地在古城身旁望著他。

「姬柊……妳一直陪著我？」

「是的。啊……沒有，我並不是一直都在看學長的睡臉……」

臉紅的雪菜快言快語地辯解。

古城從沙發上撐起上半身，確認時間。

時鐘的指針已經從正午經過許久。他似乎睡了三小時左右。雖然不知道是不是藥見效了，體力好像也有恢復一些。

「看來學長退燒了呢。不過，你流了好多汗……請稍等一下。」

「咦……？」

雪菜起身走向浴室，捧著裝了熱水的臉盆和毛巾回來。

「學長，我幫你擦身體。請脫掉衣服。」

「脫……在這裡嗎？」

古城詫異地反問。雪菜彷彿覺得「這是當然了」地點頭說：

「放著濕濕的汗水不管，感冒會惡化喔。」

「呃，不用，不用啦。這點事我自己來就好！」

古城說著想從雪菜手裡接過毛巾，頓時就頭昏眼花地站不穩。由於他忽然起身，造成輕

微的目眩症狀。

看吧——雪菜迅速扶穩古城，並婉轉地勸他：

「請學長還不要逞強。我幫忙擦背就好了。」

「嗯。不好意思……」

古城邊咳邊說。因為這是我的任務——如此表示的雪菜一臉從容地搖頭，還打算幫古城脫襯衫。

就在隨後，曉家玄關的門鈴冷不防地響了。

叮咚——輕快的電子音效讓兩人嚇得停下動作。

「在這種時間會是誰？送宅配嗎？」

古城為了掩飾害臊，用不悅的語氣這麼說道。

「我去看看喔。」

雪菜警戒似的放輕腳步，朝玄關走去。

在她抵達玄關之前，門把卻「喀嚓」一聲轉動了。從打開的門縫外傳來古城他們都相當熟悉的嗓音。

「哦……這是怎樣？玄關的門鎖開著嘛。」

「真粗心。古城在搞什麼啊。」

兩名來客一邊扯淡一邊擅自進了屋裡。危機無預警來臨，讓古城喉嚨哽到發出怪聲。

「矢瀨？連淺蔥都來了嗎！他們倆怎麼會……！」

「怎、怎麼辦……學長！」

雪菜急忙回到客廳，還帶著發青的臉色問。她手裡抓著自己的鞋子，似乎是她趁著淺蔥等人還沒有發現，勉強從玄關回收的。

「總、總之先躲起來吧，姬柊！」

古城尖聲告訴雪菜。雖說是為了養病，把學妹帶進自己家就已經構成問題了，古城目前又赤裸著上身。照這樣下去，肯定會讓人想歪。

「好、好的！」

雪菜大概對此也有自覺，就立刻鑽進古城所躺的沙發與牆壁之間的些許空隙。

幾乎同一時間，藍羽淺蔥進到客廳。穿制服的淺蔥發現古城坐在沙發的模樣，就當場停下腳步說：

「古、古城？你那是什麼德性！你不是得了感冒在家休息嗎？」

她拎著的超商袋子掉到腳邊，裡面裝的東西散落在地板上。

「為什麼我會被擅自闖進別人家的傢伙罵啊？我是因為流汗才打算換衣服罷了。」

古城盡可能裝得冷靜地回嘴。

淺蔥用雙手捂著眼睛，卻還是頻頻偷瞄半裸的古城說：

「是、是喔，原來是這麼回事。那你早說嘛！」

古城被惱羞成怒的淺蔥吩咐以後，嘆氣表示：講不講理啊？

緊接著，跟在淺蔥後面進客廳的矢瀨便莫名興起似的靠向古城說：

「ＯＫ、ＯＫ，不然我來幫你擦背。一個人總有些不方便吧。」

「唔咦……！」

古城從矢瀨的眼神察覺其中有鬼，表情就僵住了。矢瀨看他那樣的反應，便咄咄逼人地揚起嘴角說：

「是怎樣啦，臉色看起來那麼排斥。還是說交給淺蔥比較好？」

「都不需要啦。我一個人弄得來！何況大致上都已經擦完了！」

「哦……一個人是嗎？就你一個人，是吧。」

矢瀨若有深意的嘀咕讓古城的動作僵住了。趁著空檔，矢瀨從古城的手裡搶走擦汗用的毛巾。

「欸，白痴！你在摸哪裡啦！」

「好啦，別跟我客氣。」

「說起來，你們是怎麼跟學校交代的？課還沒上完吧？」

「下午第一節課變成自習了，我們就利用午休時間過來探病啦。你要懂得感謝。」

矢瀨粗魯地按住古城替他擦背，並用以恩人自居的口氣說道。

淺蔥好像習慣古城的德性了，把超商塑膠袋擱到桌上說：

「凪沙不在，我想你應該很困擾，就幫忙買了飯過來。雖然全是稀飯的調理包之類。」

「這、這樣喔……不好意思，讓你們幫了大忙。」

古城坦然表達感謝。病患的食物事先準備好了，雪菜應該也不用再次冒險下廚。

「先講清楚，付錢的可是我……欸，怎麼了嗎，淺蔥？」

矢瀨原本想順口強調自己有貢獻，話說到一半卻納悶地叫了淺蔥。沒什麼——淺蔥帶著認真的表情看了客廳一圈，並且淡然搖頭說：

「我還以為那個女生在這裡。」

「哪個女生……啊，妳說那個國中部的轉學生嗎？」

淺蔥和矢瀨一語中的，使得古城臉上失去血色。躲在沙發後面的雪菜也傳出了全身緊繃的動靜。假如雪菜在這種狀況下被發現，感覺就無從辯解了。

「姬、姬柊怎麼可能躲在這種地方嘛，她又不是跟蹤狂。」

古城試著用靠不住的說詞打圓場，沒想到矢瀨一下子就認同：

「對啊。哎，說來也是啦。」

「嗯……也對。」

淺蔥姑且也表示認同。幸好，雪菜缺席的情報似乎還沒有傳到淺蔥他們耳裡。即使如此，淺蔥仍細心地觀察屋內，隨後——

「哦，這些東西是啥？有青蔥、大蒜、鰲……還寫了危險物品小心輕放？」

矢瀨興奮得開口起鬨。他好像對雪菜擺著的鋁箱起了興趣。古城想起那裡頭的東西有毒，背後直冒冷汗。

「白、白痴！不要隨便碰那個！」

「喔？被你這麼一說，我更好奇了耶。」

「夠了吧……！你們可以回去了啦！」

古城擠出所剩無幾的體力大吼。這時候，淺蔥用鼻子使勁嗅了嗅。

「會是……我的心理作用嗎？」

她彷彿在探尋雪菜的餘香，還用懷疑的口氣嘀咕了一句。

古城的頸子感覺到有股寒意，便懷著禱告般的心境嘆息。

「你們饒了我吧……」

4

淺蔥和矢瀨大鬧特鬧以後就回去學校了。他們應該是擔心古城才來探病，結果卻把古城的體力耗得一乾二淨。

雪菜確認過他們倆完全離開，便從沙發的縫隙爬了出來。

因為緊張而消耗心力的人也包括雪菜。當雪菜完全屏息靜氣卻還是差點被淺蔥聞出來的時候，嚇了她一大跳。即使是在獅子王機關受訓時，她也幾乎沒有被逼得這麼窘迫的經驗。

「……學長，你還好吧？」

雪菜細聲嘆氣並叫了古城。

古城在沙發上垂著頭，從剛才就幾乎一動也不動。

「呃，學長？」

得不到回應的雪菜覺得納悶，就探頭看了古城的臉，於是她倒抽一口氣。因為古城顯得無神的眼睛正散發著紅光。

古城身上的氣質與平時的他不一樣了，感覺得到足以稱為吸血鬼真祖的冷冷壓迫感以及威嚴。那強大的氣勢差點令雪菜折服。

「——我無妨。重要的是妳沒事嗎？」

蹺腳的古城悠然改蹺另一隻腳如此問道。從聲音沙啞這一點判斷，身體狀況似乎並沒有恢復，反而還給人惡化的印象。儘管如此，從古城冷峻的語氣甚至可以感受到他好像有戲弄雪菜的餘裕。

「是的。我還好……等等，學長！你流血了……！」

「啊……妳說這個嗎？也許是感冒讓鼻腔的黏膜變脆弱了。」

古城的嘴邊被鮮血染得又紅又濕。那似乎是他流了鼻血以後，用手掌粗魯地抹掉所留下的痕跡。殘留在嘴脣的血跡被古城用舌尖舔掉。他的脣縫有伸長的銳利獠牙外露。

「這次該請學長安靜休息了。不，在那之前要先補充水分——」

雪菜拿了新的面紙打算幫古城擦嘴角，古城的手卻搶先抓住了雪菜的手腕，還用力把她拉向自己。

「學、學長？你發燒得好嚴重……！」

形同被抱住的雪菜察覺情況有異，發出驚呼。

古城全身異常發熱，體溫高得離譜。常人在這種狀態，即使失去意識也不奇怪。

然而，應為重症病患的古城做出的舉動卻出乎雪菜預料。他把手繞到雪菜背後，摟住僵掉的她。

「姬柊，妳的身體冰冰涼涼，讓我好舒服。」

古城把臉頰湊到雪菜的頸子上，還朝她耳邊細語。雪菜被他那樣呼氣，渾身毛骨悚然地發抖。

「咦……？」

「而且，總覺得妳聞起來好香。」

「學、學長，你趁亂胡說什麼啊！重要的是你快躺上床！」

雪菜拚命相勸，想設法安撫好古城。古城無動於衷地將雪菜如此努力的抵抗推到一邊。

「我不要。」

「什麼！」

「假如妳肯陪我一起睡，那還可以考慮。」

「請、請學長不要在這種時候胡鬧！就、就算發燒也不行！」

雪菜的聲音裡摻有怒氣。自己明明這麼擔心，古城卻不願認真看待，使她越來越惱火。

但古城依然緊緊摟著雪菜，還用溫柔的呢喃嗓音向她表白。

「我是在擔心妳，姬柊。」

「咦？」

古城意想不到的一句話讓雪菜的心臟怦然跳動。古城熱情蕩漾的眼睛近在咫尺，凝望著雪菜。

「姬柊，我怕妳總是為了我而勉強自己。像今天我也害妳這樣陪著我。」

「學長……」

雪菜放鬆原本僵硬的身體。形似被古城推倒的她就這麼跟他相擁著躺到沙發上。古城呼氣在雪菜的頸根上，她卻沒有抵抗。

「不要緊的，學長，因為這是我的任務。呃，何況……像這樣和學長在一起，我……我也不覺得排斥……」

雪菜把手繞到古城背後，用生硬的語氣說道。

不過古城並沒有回答。他倒在雪菜身上，停住動作。雪菜默默等他回應等了一陣子，但不久就納悶地蹙眉睜開眼睛。

「……欸，學長！」

古城癱靠在雪菜身上，就這麼失去意識。他的臉色看起來像因高燒而痛苦，還發出不規則的鼾聲。

情緒變得不穩定，冒出奇怪舉動，是吸血鬼感冒的症狀之一。古城的氣質和平常不同，好像也要歸因於感冒病毒的影響。他最後講的那句話，不知道是發燒昏了頭才胡言亂語，或者發自真心——事到如今也無法確認了。

「真是的！」

內心似乎受了傷的雪菜鼓起腮幫子，從古城底下鑽了出來。

至於古城，則是若無其事地繼續熟睡。雪菜不由得對此感到火大，就用手指捏了他的臉。隨後——

「——！」

雪菜感應到公寓外有異樣的動靜，蹦也似的站起身。

身體趕在思考前先有了動作，從立在牆角的樂器盒拔出銀槍備戰。金屬槍柄流暢地伸長，三片槍刃隨之展開。

能令魔力無効化，並藉此斬除萬般結界的破魔長槍。獅子王機關取名為「雪霞狼」的祕藏兵器。

雪菜舉起的槍尖向著窗外。

古城他們家位於公寓七樓。而窗外，有道詭異的身影飄在半空中。身穿新娘般銀色禮服的嬌小人影，臉孔端麗得非屬凡人的少女。

「妳是……？」

雪菜承受刺人的冰冷視線，衝到陽台。

之所以要提防少女，並不是因為她散發著殺氣。剛好相反。從少女身上感覺不出任何情緒，她只是面無表情地望著雪菜他們。

宛如不具意志的機械那般——

「已捕捉人工眷獸的魔力供給源……」

少女從脣間編織出語句。僅按照定好的手續（Program）予以實行的死板嗓音。有如玻璃珠的綠色眼睛正望著古城沉睡不醒的身影。

她向雪菜的胸口伸出了左手。

「開始排除目擊者。執行吧（Execute）——」

細語尚未結束，少女的左臂就朝上下裂開了一大道。從手臂中出現的，是樣似開山刀（Machete）的巨刃。

少女在無物虛空中伸腿一蹬，縱身躍起。

她舉起化為利刃的左臂，順勢要襲擊雪菜。

但是，雪菜的身手比她更快。雪菜從陽台的扶手蹬向空中，用銀色長槍擋下少女的左臂。緊接著——

「伏雷！」

雪菜利用對方攻擊的力道，以腳跟垂直踹向少女的下巴前端。

少女硬生生挨中帶有咒力的打擊，上半身大幅後仰。

但她並沒有往地上墜落。從少女右手伸出的透明絲線將她的身體繫留在空中。

猛一回神，公寓四周早就被無數絲線圍得像蜘蛛網一樣了。之前她就是利用那些絲線浮在半空，並且觀察古城的動靜。

「更新目擊者的威脅度判斷。推測為高水準的攻魔師。捉拿過程失敗。脫離——」

少女承受連頑強獸人種都會昏迷的雪菜這一踢，卻沒有感到疼痛的跡象。少女當著訝異的雪菜眼前，身體開始往上升。

她以人類關節不可能辦到的動作沿著絲線爬，打算逃走。

「往樓頂……？」

雪菜察覺少女的目的地，便仰望頭頂。少女的同伙極有可能在那裡待命，胡亂展開追擊有危險。

即使如此，還是不能就這樣放著她不管。

少女恐怕是針對古城來的，而雪菜是他的監視者。

雪菜重握長槍回到屋內，望著古城沉睡的臉龐。

「學長，請等我一下——」

她自言自語似的這麼嘀咕以後，拔腿往樓頂衝。

5

被太陽能電板覆蓋的公寓樓頂籠罩著中午的熱氣。

有個樣似落伍搖滾歌手的髒白袍男子就站在如此強烈的陽光之下。他毫不客氣地望著衝上逃生梯的雪菜，還隨手拿酒瓶往嘴裡倒。

「追蹤亞絲塔露蒂那匹眷獸被注入的魔力，就碰上了意外人物呢。妳說是吧，史娃妮塔？有獅子王機關的劍巫在，代表第四真祖也是確有其人？」

「我表示肯定。」

朝男子回話的是穿著銀色禮服的身影。之前曾操縱透明絲線從空中監視古城的少女。她瘦弱的左臂前端仍是巨大刀械的型態。

沒有感情的綠眼睛靜靜地映著與她敵對的雪菜。

「人偶師大人（Meister），該名劍巫的裝備，推測為原版七式突擊降魔機槍。蓋然性有百分之八十八——」

「原來如此。我就覺得不可思議，洛坦陵奇亞的殲教師大人是從哪裡弄來七式突擊降魔機槍的戰鬥數據？這下子謎題就解開一道了。可想而知，在基石之門阻止奧斯塔赫的也是你們吧。」

男子朝雪菜的長槍瞥了一眼，並且自信地微笑。

迎面跟他們對峙的雪菜則是毫不鬆懈地舉著「雪霞狼」，瞪向穿銀色禮服的少女。有著純白秀髮的麗質少女。雪菜已經發現她的真面目了。

「人工生命體……不，那是機械人偶（Automata）嗎……！」

「要稱呼她的話，希望妳能改叫人造人（Humanoid）。史娃妮塔跟尋常的量產人偶可不相同，因為她是我傾注心血造出的鍾愛的女性。」

男子話一說完，便將名叫史娃妮塔的少女摟到懷裡。

史娃妮塔對此做出的反應十分自然，感覺實在不像是人偶，反而比普通的人類更像個完整的人。

「製作以人工生命體為基底的機械人偶，應該是受聖域條約禁止的。」

雪菜用像在克制怒氣的口吻予以指正。

自然得有如活著的機械人偶——史娃妮塔會有這種完成度，祕密在於她真的擁有生命。

史娃妮塔是將人工生命體細胞與機械融合後才創造出來的機械化人工生命體（Cybernetics）。換句話說，她是名符其實的「活人偶」。

然而，那種行為就等於將一名叫史娃妮塔的少女的肉體切碎，好讓她接近純粹的機械(物體)。目前的她已經無法分辨是生物或機械，而是不屬於任何一邊的不安定存在。以倫理道德而言，創造如此的東西不可能被允許。正因如此，即使是旨在追求魔族與人類共存的聖域條約，也將人工生命體的機械化視為絕對禁忌。

但被稱為人偶師的男子卻不以為意地將雪菜的憤怒應付過去。

「聖域條約是嗎……哈，無法理解藝術價值的凡夫俗子，豈能束縛我這連『永恆』都能創造出來的才華？」

「……才華？」

「是啊。好比雕刻家用石頭雕出作品，我則是用人工生命體創造出藝術，在我死後仍然可以繼續活下去的『永恆』藝術品。」

「為了這種事……你就把她改造成機械人偶……？」

史娃妮塔面色不改地聽著激動的雪菜與人偶師對話。

雪菜看著她的模樣便回想起來了。以彷彿在玩弄生命的形式創造出來的人工生命體——雪菜還曉得另一個實際的例子。

「難道說，製造亞絲塔露蒂的也是你……！」

「對，是我。我受了洛坦陵奇亞的殲教師大人委託。」

人偶師毫無愧色地立刻回答。

「坦白講，對於連幾個星期都活不了的缺陷品，我是沒有興趣，但如果那東西得到了『永恆』就另當別論。我有點想帶她回去。」

「你要帶亞絲塔露蒂……回去？」

雪菜的臉色變得更加凝重。

亞絲塔露蒂體內埋藏著本來只有吸血鬼才能使役的眷獸，是個實驗體。她無法供給眷獸具現化所需的魔力，就一直消耗自己的壽命並且提供給眷獸。結果，據說她的性命頂多只剩幾個星期。

然而亞絲塔露蒂遇見古城以後，情況改變了。

古城從亞絲塔露蒂身上搶走眷獸的支配權，還強行改寫契約，用第四真祖的魔力讓她的眷獸活動。換句話說，就是魔力補貼。

因此，現在亞絲塔露蒂使用眷獸並不會被剝奪壽命。她成了世界上唯一能真正與眷獸共生的人工生命體。

「帶她回去以後，你打算做什麼？」

雪菜瞪著人偶師問。人偶師享受似的舔著酒滴並揚起嘴角說：

「那還用問，拿來當史娃妮塔的零件啊。這是為了創造極致的藝術作品。」

「我不會讓你那麼做。本著獅子王機關劍巫的權限，我要在這裡逮捕你。」

雪菜的右手依然舉著長槍，左手則拿出了咒符——應用式神進行拘拿的咒符。

亞絲塔露蒂的罪行已經得到定奪，她終於能有平穩的日常生活了。

即使人偶師是她的催生父母——不，正因如此，更不能將亞絲塔露蒂交給他。

「哼……」

然而，人偶師打量似的仔細觀察備戰的雪菜全身上下說：

「妳的膚質很好。」

「你、你在說什麼……？」

「這樣剛好，我正想幫史娃妮塔更換表皮。就把妳也納為『永恆』的一部分好了。」

「！」

被人用帶著扭曲慾望的目光看待，雪菜全身都冒出寒意。

就在隨後，史娃妮塔緩緩舉起了右臂。

從她指尖伸出的透明絲線在陽光照耀下發亮。絲線伸去的另一端，擺著皮製的大型行李箱。箱蓋自己打開以後，新的人偶便從裡面出現。

有兩具新人偶。

球體關節暴露在外，還具備利刃般的四肢的身影，並不像史娃妮塔那樣栩栩如生。她們完全是用於戰鬥的機械人偶。人偶師應該就是想讓雪菜跟她們交手，才把她引來樓頂。

「赫爾希莉雅、莎達，以作戰用功率啟動。開始統合演算。執行吧——」

史娃妮塔命令人偶們攻擊。

兩具人偶亮著昆蟲般的複眼，從左右朝雪菜來襲。

全無誤差的同時攻擊。

化為刀刃的四肢撕裂空氣，從人體不可能辦到的角度朝雪菜攻過來。

那驚人的速度令雪菜嚇到了。不具情緒的人偶們出招並無殺意，反而讓雪菜受到迷惑。她抓不住閃避的時機。

「好快……！」

人偶們從左、從右持續不斷猛攻，雪菜漸漸被逼上絕路。

調整用於戰鬥的人偶揮砍迅速，而且力道沉重。即使如此，假如是一具一具分開來對付，仍不至於讓雪菜感到棘手。抓準攻擊結束的一瞬間空檔，要反擊應該不難。可是，成雙成對的人偶不容許她那麼做。

人偶們互相掩護破綻，防止雪菜反擊，還逐步堵住雪菜的退路。

不具自我意志的兩具人偶，是讓身為指揮塔的史娃妮塔操控才能默契完美地像一具精密機械般展開攻擊。

「哦，不愧是獅子王機關的劍巫，還真能守……靠靈視洞穿了片刻後的未來嗎？」

人偶師由衷佩服似的嘀咕了一句。在他看來，雪菜能持續防禦人偶們的攻勢，反而才是令人訝異的吧。

「但是，靠預判能贏過機械人偶的演算能力嗎？啊，對了……史娃妮塔，記得盡量不要傷到那女孩的皮膚。」

「命令領受(Accept)——」

純白頭髮的人偶在腳邊「噠」地輕輕蹬了一下。她就這麼舉著左臂的巨大刀械，朝雪菜加速衝去。

「糟糕……！」

雪菜察覺史娃妮塔逼近，表情隨之僵凝。承受兩具人偶猛攻的她沒有餘裕防範第三個敵人的攻擊——

有如金屬衝擊骨頭般的沉重碰撞聲響起。

之前始終沒有表情的史娃妮塔眼裡首次浮現了困惑的光芒。

唔——人偶師將嘴脣撇向一邊。在雪菜心臟被貫穿的前一刻，有陣衝擊從旁撲向史娃妮塔，讓利刃的軌道錯開了。

突然衝出來援救雪菜的人，是個表情慵懶且身穿家居服的少年。從他的嘴脣縫隙間有尖銳獠牙露出，全身上下更被耀眼的黃金閃電籠罩著。

「學長……！」

雪菜茫然地嘀咕了一句。應該因為感冒而臥病在床的古城，居然會帶著龐大的魔力現身，讓她感到困惑。

另一方面，古城嫌麻煩似的撥了睡覺時壓得變形的瀏海——

「……受不了，你們在別人家樓頂吵什麼啊？」

他帶著有些冷漠的口氣這麼說道。

史娃妮塔被燃燒般的紅眼一瞪，便帶著兩具人偶拉開距離。第四真祖來襲，她應該是想保護好身為主人的人偶師。

「學長，你怎麼會來這裡……？」

以銀槍舞出槍花的雪菜穩住陣腳問了一聲。

古城則不悅似的瞪向這樣的雪菜。

「當然是因為擔心妳啊！竟然一個人擅自跑出來！」

「可、可是，學長的身體狀況——」

「身體狀況？完全沒問題啦……暢快得像是脫胎換骨一樣，心情好得很。」

古城說著就凶猛地笑了。彷彿在為他的發言背書，籠罩全身的閃電變得更加金亮燦爛。

「……咦？」

雪菜不安地看了古城那英勇的姿態。

目前的古城確實沒有失去意識前那種讓人感到衰弱的印象，臉色也沒那麼糟。

話雖如此，跟平常的古城還是不同。

雪菜認識的曉古城，應該是個對第四真祖之力無所適從，彷彿希望能與其疏遠的少年。但現在的古城並非如此，他完全掌握了本身的力量，甚至有樂在其中的跡象。

「你別出手好嗎，第四真祖？我們只要確認誰是亞絲塔露蒂的魔力供給源就夠了，已經沒事要找你啦。假如你想攪局，小心我把那個劍巫丫頭撕成肉片來頂罪。」

人偶師扔掉喝光的酒瓶說道。和號稱世界最強的吸血鬼對峙，他卻絲毫不顯得退縮。好似在鄙視古城的眼神，無言之中透露出他即使無法誅滅不老不死的真祖，也還多的是手段可以讓古城無力化。

然而，古城卻狠狠瞪著這樣的人偶師，露出獠牙。

「那是我要說的台詞。想玩人偶就滾回家玩，大叔。」

「……你竟敢……說我在玩？」

人偶師厭惡畢露地皺起臉。對自稱藝術家的他來說，被拿來與形同門外漢的人偶收集家相提並論，應該是無可饒恕的汙辱吧。

但古城回望人偶師蘊含殺氣的眼睛以後，仍挑釁地搖搖頭。

「我是不想對他人的興趣指指點點，但是玩真人比例的模型娃娃也太扯了！不敢領教耶！還有，她們那些衣服是你的品味嗎？未免太色了吧！」

「你不要……將我的藝術，看得跟那些凡夫俗子的玩具一樣！」

人偶師氣急敗壞地吼了出來。

查出亞絲塔露蒂的魔力供給源，他這項目的已經達成了。人偶師沒有理由要冒著危險和古城及雪菜交手，不過足以判斷這些分寸的冷靜已經從他腦子裡消失了。這恐怕就是古城的目的。為了防止人偶師開溜，他故意讓對方把憤怒的矛頭指向自己。

古城如此冷靜犀利的判斷，讓雪菜對他的疑心越來越重。

這種動腦子的戰鬥風格並不是雪菜所認識的古城。

不，正確來說，或許這反而才是他本來的性格。

古城國中時曾擔任籃球社王牌，應該也熟於這種在比賽中挑釁對手的心計。換句話說，古城現在已經變回當時既自大又好戰的性格了。平時隱藏著的內心處於洩露無遺的狀態。

「幹掉那傢伙，史娃妮塔！多宰幾次！」

「命令領受——」

史娃妮塔聽從人偶師的命令，重啟戰局。三具人偶各自散開，包圍住古城他們。齒輪及發條嘎吱作響，她們開始變形了。胸部往左右大幅裂開，粗獷的回轉式機關砲從中出現。

機關砲所裝的子彈是長約十公分的金屬針。對付吸血鬼的金屬樁投射槍（Needle Gun）——幾十年前就已經禁止製造的非人道殺傷兵器。

「學長，請你小心。她們幾個是——」

「嗯。跟亞絲塔露蒂很像，卻感覺不到生命力。只是人偶吧。」

古城咬響牙關，然後呼氣。

「既然這樣，沒必要手下留情！妳們可不要怪我——！」

古城話還沒說完就行動了。吸血鬼才有的驚人跳躍力與敏捷度。他一舉拉近敵我間距，鑽到架起機關砲的人偶懷裡。

古城隨手出拳，打斷了機關砲的砲身。承受不住衝擊的人偶（赫爾希莉雅）飛了出去，重重撞在樓頂的護欄上。

另一具人偶（莎達）則朝著古城的背後發射金屬樁。即使會牽連到伙伴（赫爾希莉雅），她也要取古城的命。

然而，古城纏繞閃電的右手隨意一揮，將每分鐘發射速度高達數百發的飛針全數打落。

雷擊還波及人偶（莎達），將她的全身烤成焦黑。

「怎……！」

古城單方面蹂躪人偶們的身影，讓雪菜只能無言以對。

那些戰鬥人偶曾將雪菜逼到絕路，古城卻對她們的反擊不屑一顧。即使憑史娃妮塔的演算能力也看不透古城的身手。現在的古城實在太強了。

「……赫爾希莉雅，受損率百分之四十七。莎達受損率不明。嘗試重新啟動。失敗。」

史娃妮塔仍繼續戰鬥，但早已分出勝負。

接在她右手的絲線紛紛發出聲音斷開。

古城釋出雷電掃落槍擊，對人偶們揮下的凶刃則用吸血鬼的力氣予以粉碎。倒下的人偶不再動彈，古城便冷酷地踐踏對方。

「第四真祖的力量，完全得到掌控了……這就是……學長認真的模樣？」

這段期間，雪菜則是一個人茫然地杵著不動。

她第一次對古城感到恐懼。現在的古城完全將身為吸血鬼的能力運用自如。不只如此，感覺他似乎連魔族的凶惡本性都顯露出來了。

現在的古城無疑是世界最強吸血鬼，據稱可匹敵天災的怪物。雪菜正是因此才被派來監視他，還帶著用來抹殺他的破魔長槍。

「嘖……」

「裝置出現嚴重損傷。啟動預備迴路。自毀模式。」

史娃妮塔淡然對焦躁地咂嘴的人偶師報告。

發覺對方有何企圖的雪菜臉色發青。

「學長！」

「打算自爆嗎！」

古城也有掌握到狀況。即將壞掉的人偶們擠出最後餘力縱身躍起，從頭頂朝雪菜他們展開攻擊。她們打算直接纏住雪菜和古城，然後自爆。

然而，古城的反應比她們快。

從古城右臂釋出的魔力密度增高，化為巨獸形貌。濃密得足以擁有自我意志的魔力聚合體，吸血鬼畜養在自身血液中的異界召喚獸。那是眷獸。

「迅即到來，『獅子之黃金（Regulus Aurum）』——」

古城以魔力具現成形的眷獸是頭巨大的雷光獅子。

全長超過十幾公尺的巨軀疾衝如雷霆，朝兩具人偶橫掃而過。雷光巨獅的一擊將人偶們瞬間燒光，消滅得連殘骸都不留。

餘波形成龐大的爆壓席捲四周，令絃神島的人工大地像地震一樣劇烈搖盪。對付區區的自動人偶，第四真祖的眷獸之力實在強大過頭了。

雪菜用銀槍當護盾，勉強擋住了轟來的灼熱衝擊波。可讓魔力無效化的「雪霞狼」是唯一能對抗真祖眷獸的武器。

但受到古城這次攻擊波及的並不只有雪菜。

「史娃妮塔！」

人偶師放聲大叫。純白頭髮的機械人偶原本曾站著保護他，如今則噴出劇烈火花且無法站穩。埋藏在她體內的機械迎頭受到落雷的影響。

混帳——人偶師撂話般咒罵，蹣跚地抱穩史娃妮塔。

就在隨後，火焰般的圖案浮現於他的四周。

他用灑在腳邊的烈酒當作觸媒，畫出了魔法陣。

人偶師捧著史娃妮塔的身體，就這麼消失無蹤了。

據說只有老練魔法師才能駕馭的空間移轉術式。一反其頹廢的外表，人偶師的真實身分似乎是技藝過人的高階魔法師，即使靠雪菜的靈視也不可能追蹤他們。

「被他們逃掉了嗎……唉，像那樣教訓過之後，那傢伙多少會學乖吧。」

古城看了一圈已經沒有人偶師同伙的樓頂，還用神清氣爽的口吻說道。他朝周圍釋出了如此凶猛的魔力，看起來卻絲毫沒有在反省。

雪菜帶著快哭出來的表情瞪向態度不負責任的古城說：

「學長，你下手太重了！幸好掌控得當，但你居然在這種住宅區動用第四真祖的眷獸！一有閃失，或許整座都市都已經被你消滅了！」

古城彷彿事不關己地聳聳肩，雪菜便認真地對他發起脾氣。

雪菜是古城的監視者，萬一古城變成危害到人類的存在，屆時雪菜就得抹殺他。雪菜當然也不希望那種事發生，但如果古城就這樣沉溺於第四真祖的力量，還打算任憑己欲加以操弄，雪菜就非得阻止他不可了，因為世界最強吸血鬼的力量實在太過危險。

然而，古城卻敷衍似的對逼近的雪菜露出攻擊性微笑。

「反正我已經搞定了，沒什麼問題吧。既然妳平安無事，那不就好啦？」

「咦？啊……謝、謝謝學長搭救……不對啦！」

古城不以為意地答話，使得雪菜不自覺地向他道謝。古城看準她怒氣中斷的那一瞬間，握了她的手，還粗魯地將她拉到身邊。

「不過，我想到了。既然要道謝，妳能不能用態度表示自己的心意？」

「用、用態度……？」

「對啊。比如說，像這樣——」

雪菜被古城用力抱住，一瞬間停止呼吸。雖然她立刻想抵抗，卻抗拒不了古城身為吸血鬼的力氣。

「不、不可以，學長！我是學長的監視者，再、再說在這種地方會被別人看見——」

雪菜細聲叫了出來。儘管古城前所未見的積極態度對她有吸引力，但她仍苦惱地心想：

他的本性果然是個危險的吸血鬼嗎？

古城全然不懂雪菜內心的糾葛，還整個人靠上來想將她壓倒。

於是——

順著重力的牽引，古城重重地直接倒在樓頂。

頭蓋骨撞上混凝土地面，發出沉沉聲響。

古城就這麼不動了。

「那、那個……學長？」

雪菜望著趴倒在地的古城，茫然地嘀咕一聲。

她仍然不懂發生了什麼就抱起暈厥的古城——

「好燙……！」

直到這時候，雪菜才終於發現古城正在發熱。

剛才他活動得那麼激烈，會這樣是當然的，但體溫顯然上升到了異常的地步。

原因在於感冒。

情緒不穩而冒出奇特舉動是吸血鬼感冒的症狀之一。

古城莫名好戰的態度，還有將第四真祖的能力完全運用自如，似乎都只是發高燒造成的奇特舉動罷了。

下次醒來時，古城對於自己掌握了真祖之力，還跟人偶師一伙交手過的事，恐怕都會全部忘光光吧。

搞什麼嘛——雪菜被他的變化耍得團團轉而頭痛不已，便深深發出嘆息。

不過，古城就是在連意識都不清醒的狀態下趕來救雪菜的。

「你真是個讓人沒轍的吸血鬼呢……笨！」

雪菜讓入眠的古城枕著她的大腿，然後溫柔地摸了他的頭髮。

在彷彿要將人吸入其中的夏季藍天底下，清爽的午後海風從兩人臉上輕撫而過——

6

隔天——

古城醒來後，闖進他眼簾的是凪沙從極近距離低頭望著他的臉孔。熟悉的自家公寓房間，古城的床上。

「啊，醒來了。感覺怎麼樣，古城哥？」

古城對妹妹表示關心的聲音感到疑惑，慢慢地撐起上半身。

從窗戶看見的天空被夕陽照耀染成了紅色。傍晚已近。仰望那一幕的古城更感困惑了。他完全沒有睡著以前的記憶。

「凪沙？奇怪……我……？」

「你感冒病倒了，我很擔心耶，因為你足足睡了一整天。要記得謝謝雪菜喔。昨天是她代替我向學校請假照顧你的。」

凪沙傻眼地嘆了氣。

古城發現穿著制服坐在床邊一小角的雪菜，便半信半疑地蹙起眉頭問：

「是這樣……嗎？」

「你果然都不記得嗎？對昨天的事情。」

雪菜微微偏著頭問。是啊──古城扶額搖頭。

身體的狀況已經無礙。既沒有發燒，喉嚨也不覺得痛。

雖然身體好像有一點沉重，那大概是剛起床的關係吧。可是昨天理應發生過的事卻怎麼也想不起來。

「呃，我一點印象都沒有……頂多只記得早上被凪沙挖起床，然後就亂沒力的……」

「是嗎？那麼，學長也忘記昨天對我做的事情了嗎？」

雪菜擺出怪罪的眼神，還往上瞟向古城。

咦——凪沙訝異地瞠目。

「等……等一下。姬柊，我對妳做了什麼嗎？」

古城感受到無法言喻的不安，就用沙啞的聲音反問一句。

雪菜盯著這樣的他，不知為何就放心似的吐了氣。

「呵呵……不告訴你。」

「是怎樣？我會好奇啦！」

古城不自在地捂著心臟並且叫了出來。凪沙開始默默地散發憤怒的氣場了。生病向學校請假休息的哥哥曾在家裡染指自己的同班同學，身為妹妹知情後理當會有這種反應。可是，古城當然是絲毫沒有印象。

完全被逼急的古城用求救般的眼神看向雪菜。

雪菜滿意地回望第四真祖那副無助的表情，溫柔地露出微笑。

「請你要趕快康復喔，學長。」

To Be Continued...

「不回頭的她」

「——淺蔥，來一下好嗎？」

早上的教室。曉古城向藍羽淺蔥攀談。

對於今天上課的內容，古城有地方想問。可是，淺蔥始終不肯和他對上視線，還逃也似的轉身想走。

「欸，淺蔥？妳是怎麼了啦？」

「你別跟過來！」

「呃，可是，就快要上課了耶。」

「囉嗦。不要看我這邊！」

淺蔥背對著古城怒罵。

「妳在氣什麼啊？我做了什麼嗎？」

「沒有啦……可是，你會笑我。看了我今天的模樣，你絕對會笑。」

「妳被其他人看可以，為什麼我就不行？」

「看、看了以後不能笑喔。你保證？」

「好啦，我知道了，我跟妳保證。」

淺蔥確認過古城的答覆才緩緩地回頭。霎時間，古城突然噗哧笑了出來。

「啊～～你笑了！你笑了對吧！」

「不是啦，誰教……妳看這個。」

古城說著把手伸向淺蔥的臉頰，然後擦掉上面沾到的果醬。

「草、草莓果醬？你不是因為我的瀏海剪太短才笑的？」

「瀏海？我覺得滿可愛的啊。」

話一說完，古城就舔了沾在指頭上的果醬。

淺蔥頓時紅著臉說：

「欸，你在舔什麼啦！」

「啊，抱歉，不自覺就舔了。」

「誰管你自不自覺！真是的……！」

淺蔥故作生氣地別開臉，並且摸了被稱讚可愛的瀏海，還拚命緊咬著差點洋溢出笑意的嘴脣。

SS THE BLOOD #2

第二話
媛與魔女的圓舞曲
-Waltz With The Witch-

第二話 媛與魔女的圓舞曲

-Waltz With The Witch-

1

從單軌列車下來的年輕乘客朝耀眼的藍天瞇起眼。

是個身材修長苗條，臉蛋端雅亮麗的少女。

她穿著位於關西地區的名門女校的夏季制服，左肩揹的是用來搬運鍵盤的黑色樂器盒。

綁成馬尾的長頭髮被強勁的海風吹拂搖曳著。

由獅子王機關正式配發六式重裝降魔弓(Der Freischütz)的攻魔師——「舞威媛」煌坂紗矢華。

「唔～～……好熱……」

紗矢華擦著額頭的汗，不耐煩地發出嘆息。

她拜訪的地方是絃神島，漂浮在東京南方海上三百三十公里處的常夏「魔族特區」。儘管已是初秋，島上氣溫仍接近四十度。亞熱帶的強烈陽光毫不留情地烤著由碳纖維、樹脂、金屬及魔法打造的人工大地。

柏油路面上有蜃景幽幽搖晃。

剛從本土抵達的她被悶熱潮濕的空氣一點一點地消耗體力。

「說是高科技人工島，我還抱了一絲期待，搞什麼嘛……天氣這麼熱，電車又擠，還很熱，路線圖又畫得不親切，而且好熱。再加上這條路，該不會是——」

紗矢華朝周圍建築物瞥了一眼，然後不安似的歪了嘴。

沿著平緩的上坡路建有整排裝潢豪華的賓館。那並不是以旅行者為客群的住宿設施，明顯著重於男女情侶，也就是所謂的愛情賓館。紗矢華察覺到這一點便有些心慌。

雖說還是大白天，穿高中制服的女生隻身在賓館街徘徊，光想像旁人看在眼裡會怎麼想就讓她不愉快了。

「欸欸欸，妳一個人嗎？閒著沒事？」

「妳怎麼會來這種地方呢？」

有兩名碰巧經過的男子突然向紗矢華搭話，好似要擋住她的去路。大概是平時就習慣搭訕，他們的態度裝得格外熟稔。

「唔……」

紗矢華注意到對方戴在手腕上的金屬手環，臉色變得凝重。

那是叫魔族登錄證的配飾。既為「魔族特區」正式居民顯示身分的證件，同時也是內藏活體感應器的監視裝置。換言之，他們並非普通人類，而是據稱約占絃神島全人口百分之四的「登錄魔族」。

當然，就算是魔族，他們仍鮮少對人類造成危害。倒不如說，透過魔族登錄證監視，也有觀點認為他們比一般人更加安全。

話雖如此，不管對方是魔族還是人類，死纏爛打都一樣會造成困擾。即使沒有那層因素，紗矢華目前正隻身執行獅子王機關的任務，行動上非得避免被魔族纏上而引起注目。

「…………」

紗矢華低著臉，無視於他們，打算直接繼續走。然而，魔族男子們卻迅速繞到前面，當面堵住紗矢華的退路。

「哎呀，妳要去哪裡？跟我們到涼快一點的地方吧？」

「不好意思，我趕時間。」

「又來了，撥一點空沒關係吧。再說趕時間的話，我們可以送妳一程啊。我們對這附近很熟。」

「心領了。」

「欸，話說妳叫什麼名字？我幫妳拿行李吧？」

「…………」

紗矢華對硬要聊天的男子們感到厭煩，仍拚命忍住怒氣。

再怎麼說，對方身為登錄魔族，單純只是來搭訕的男子，並非舞威媛在執行任務時需要認真應付的對象。要息事寧人設法混過他們這一關，趕快到跟上司約好碰面的地點才行——紗矢華努力這麼告訴自己。但……

男子們無心地不經大腦說出的話觸怒了紗矢華。

「妳是高中生，對吧？個子好高耶，幾公分啊？」

當男子把話說出口的下一刻，紗矢華的身體就在自覺前先有了動作。她把手抵到男子臉上，從零距離發出強勁的一掌。

「填星——歲破！」

「咦？」

男子挨中紗矢華的攻擊，還來不及理解自己身上發生了什麼事就翻了白眼。接著，他當場癱坐在地上。紗矢華使的是八將神法——獅子王機關的舞威媛操用的無聲暗殺術。縱使是魔族的頑強肉體，腦部直接受搖晃也不可能保有意識。

「什……妳、妳是攻魔師嗎——！」

同伙突然遭殃，另一個搭訕男慌得連忙扯掉手腕上的魔族登錄證。他的真面目恐怕是獸人種，想靠獸化跟紗矢華對抗。

但是男子在獸化完成以前，動作就停住了。

男子因恐懼而動搖的眼睛裡映著巨大的劍刃。

紗矢華從背後的樂器盒抽出了銀色長劍，抵在男子的頸子上。假如男子再繼續抵抗，紗矢華的劍應該會輕易斬斷他的喉嚨。

男子怕得僵住，紗矢華便蠻橫地用膝蓋頂向他的心窩。

第二名男子連聲音都叫不出就跟著暈厥了。

「男人就是這樣……！所以我才討厭男人！」

紗矢華帶著憤怒的神色撂話似的喃喃自語起來。

要說像模特兒倒是好聽，但紗矢華對於自己以女生而言嫌高的個子，私底下是抱有自卑感的。特地讓她想起這一點的兩個搭訕男現在都完全失去意識，倒在她的腳邊。

「……啊，糟糕！」

下手實在太重了——在紗矢華後悔之前，遠方就有警笛聲朝這裡接近。

恐怕是特區警備隊的保安部隊察覺魔族登錄證狀況有異便趕過來了。隸屬獅子王機關的攻魔師若對登錄魔族動用暴力，肯定會釀成大問題。想通的紗矢華慌得冷汗直流。

獅子王機關的舞威媛煌坂紗矢華在絃神島上的初次任務就這樣開始了——

「受不了……居然在這種大街上對一般民眾亂揮『煌華麟』，妳到底在想什麼？舞威媛素質下滑了呢。」

數小時後，有隻貓被意氣消沉地走著的紗矢華抱在胸前，還對她說教。

那是一隻體型柔美的黑貓，眼睛顏色是發亮般的金色，細細的項圈上嵌著顏色相同的金綠石。

不過讓熟悉魔法的人來看，應該會立刻發現那隻貓並非普通生物。牠是透過強大術式遙控的使役魔。

「對、對不起。可是，對方是魔族啊……！」

紗矢華用軟弱的語氣向貓辯解。

操控黑貓講話的人是獅子王機關的特派教官緣堂緣——也就是紗矢華之前的師父。即使紗矢華已經從高神之杜畢業，如今更得到舞威媛的正式頭銜，在緣堂緣面前還是抬不起頭。不只是因為她尊敬對方，緣堂緣這名人物有多恐怖，已經深深灌輸在紗矢華的骨子裡了。

「登錄魔族就是不折不扣的一般民眾，在這座『魔族特區』。」

緣口氣瀟脫地淡然告訴她。

紗矢華嘔氣似的嘛起嘴唇說：

「基本上，我認為獅子王機關把分部設在那種全是不三不四的建築物的地區，才是問題耶！」

「哦～～……那妳詳細說明看看，是怎麼個不三不四？那是用來做什麼的建築物呢？」

被黑貓用使壞般的目光一瞧，紗矢華「唔」地語塞了。貓咪當然對答案心知肚明，才故意叫紗矢華講。與其說她是高竿的咒術師，這樣只像對人性騷擾的上司。

可是，貓咪卻忽然換了正經的口氣。

「那塊土地在靈能上構成了死角，要維持驅人結界很方便。以地形來說，對抗外來的咒術攻擊也有強大效果。」

「喔。」

是這樣啊——紗矢華沒勁地點了頭。獅子王機關於「魔族特區」的分部會蓋在那種愛情賓館街的正中央，似乎好歹有那樣的理由存在。

「呃……不談那些了，請告訴我為什麼我會被叫來。我希望趕快結束任務，我還有地方想去耶。」

紗矢華改換心情這麼說以後，貓咪不悅地瞇起眼睛。接著，牠靈巧地把夾在項圈縫隙的照片遞到紗矢華面前。

「這是？」

「薩卡利・多島・安德雷多──歐洲伊斯帕尼亞籍的日僑。國際指名通緝中的魔導罪犯，通稱『人偶師』。」

「……『人偶師』？」

「這男的是高竿的魔法師，好像尤其擅長活體操作。他調整過的人工生命體被稱為藝術品，到現在仍會以驚人高價進行交易。之前似乎還在塞維亞的大學擔任醫療魔法的教授。」

「妳是說……大學教授？」

紗矢華望著照片上的男性，有了一絲困惑。

別號「人偶師」的人物比想像中還要年輕，是個披白袍的長髮男子。充滿自信的狂妄表情，足以讓人信服他所得到的高竿魔法師評價。

「那樣的人，為什麼會變成魔導罪犯……？」

「這男的確實是個高竿的魔法師，卻欠缺了一項決定性的東西，叫作良心。」

「良心？」

「這傢伙為了自己的研究，用違法的實驗殺了兩百名以上的人類與魔族。據說人工生命體的犧牲者更多達十倍以上。」

「啥……！」

貓咪輕描淡寫地說明，讓紗矢華愣得倒抽一口氣。要稱其為單純的獵奇殺人犯，犧牲者

數目未免太多了。與其當成殺人案件，還不如說是大量殘殺。

「而且安德雷多在被當成魔導罪犯指名通緝以後，委託工作給他的人仍然絡繹不絕。這傢伙創造出來的人工生命體及機械人偶大概就是有如此的價值。」

「……那樣凶惡的罪犯正在紘神島上嗎？」

紗矢華用凝重的嗓音反問。她似乎終於明白為什麼身為舞威媛的自己會突然被叫來紘神島了。

「上星期，在這座島抓到的黑市商人提供了證詞，說是賣了軍用機械人偶的零件給安德雷多。」

「軍用機械人偶……」

「既然對方是國際指名通緝中的魔導罪犯，那傢伙的處分就是歸獅子王機關管轄。『人偶師』持有的技術人員及顧客名單，我也希望能弄到手。」

「所以找出薩卡利・安德雷多然後把他逮住，就是我的任務嘍？」

紗矢華說完，用力握緊了揹在肩膀上的樂器盒手把。

以實驗名目奪走眾多生命的魔導罪犯得到了軍用機械人偶的零件。照這樣放著他不管，肯定不會有什麼好結果。

「辦得到嗎？」

貓咪隨口用閒話家常般的語氣問。

當然——紗矢華用力點了頭。

獅子王機關的舞威媛和專精對付魔族的劍巫不同，詛咒與暗殺才是她們原本的任務。在現代日本雖沒有實際執行暗殺的機會，但暗殺者的技能用於追蹤及監視罪犯也能派上用場。假如對方是一般警官應付不來的凶惡罪犯，就沒有比紗矢華更適合抓人的追蹤者。

「那麼，就交給妳了。起碼讓我看看妳有所長進的地方。」

「是。」

紗矢華對師父用的使役魔黑貓深深低下頭。然後她往上瞄了幾眼，偷看貓咪的眼睛。

「還、還有就是……師尊大人，呃，這項任務結束以後，我想要……請特休，好不容易來絃神島，我想去探望雪菜。」

紗矢華一面窺探貓咪的反應，一面戰戰兢兢地開口相求。

她聽說自己的好友兼前室友被獅子王機關派來絃神島執行任務是短短幾天前的事。據說對方接獲指令，目前在監視號稱世界最強吸血鬼的第四真祖。紗矢華得知這項消息以後就牽掛著對方，一直坐立不安。

對這樣的紗矢華來說，這次任務來得正好。趕快把案子解決，再用空閒時間去見姬柊雪菜。毫無破綻的完美計畫。

接著只要緣這位上司准假——事情就妥了。

「……師尊大人？」

紗矢華發現貓咪給的反應莫名薄弱，就納悶地抬起臉。

被紗矢華抱在臂彎裡的貓咪短短「喵」了一聲，還無聊似的打呵欠。這種舉動分明像寵物，從中感覺不出先前的人味。

無論怎麼看都是普通貓咪。身為主人的緣堂緣切斷與使役魔的連結了。

「等一下，這是怎樣，師尊大人！我的特休准了嗎？請回答我，師尊大人！別鬧了啦啊啊啊啊啊——！」

紗矢華拚命呼喚，貓咪當然還是什麼也沒有回答。

路人們遇到在大街上拚命對貓咪叫個不停的紗矢華，都匆匆別開目光，快步走掉。

3

人工島北區是蓋了成排企業及大學研究設施的研究所街，有好幾層地下街重重交疊，屬於景色單調又具未來感的區域。

有個打陽傘的嬌小女性正仰望著位於該區一隅的古老建築物。

豪華禮服與黑色長髮；人偶般端整的臉孔帶有稚氣。與其說是美女，更像美少女，或者形容成幼女會更貼切。

彩海學園的英文教師，同時也在特區警備隊擔任指導教官的國家攻魔官——「空隙魔女」南宮那月。

「斯凱爾特製藥公司的研究所舊址啊……」

那月仰望封住的建築物入口，無趣似的嘀咕了一句。

斯凱爾特是總公司設於歐洲洛坦陵奇亞王國的製藥公司。為了利用人工生命體進行實驗，他們在「魔族特區」曾擁有研究設施。不過由於景氣低迷與收支惡化，研究所早已關閉，這棟建築物就是其末路。

「亞絲塔露蒂，妳就是在這棟建築物接受調整的，沒錯吧？」

那月回頭朝背後問了一聲。

回答問題的人是有著藍色頭髮的人工生命體少女。她用缺乏抑揚頓挫的死板語氣平淡地做出說明：

「我表示肯定。最終調整結束日，和我著手襲擊基石之門是同一天。」

「原來如此，正如曉古城在證詞中提到的嗎？居然被外行的高中生(小孩)搶先一步，特區警備隊那些人……真是失態。」

話說到這裡，那月焦躁地嘆了氣。

洛坦陵奇亞正教的殲教師帶著人工生命體亞絲塔露蒂襲擊位於絃神島中樞的基石之門，是短短十天前的事。負責保全的特區警備隊遭到亞絲塔露蒂操縱的人工眷獸蹂躪，被他們入侵到人工島的最底層。

從如此危急的狀況中救了絃神島的人，是那月的學生兼第四真祖——曉古城，以及政府指示要獅子王機關派來監視他的劍巫。古城他們推敲出在絃神島發生的魔族襲擊案凶手，才得知殲教師有何企圖。

當時古城等人查出了殲教師一伙的藏身處，地點就在這間研究所的舊址。

「話說，亞絲塔露蒂，妳那是什麼服裝？」

在走進研究所大門的前一刻，那月心血來潮似的問。

亞絲塔露蒂身上穿的衣服是會讓人聯想到求職大學女生的深藍色樸素套裝。大概是尺寸不合，袖管寬寬鬆鬆的，可愛歸可愛，但坦白講很難說合適。

「疑問認知。答覆為人工島管理公社的配給品。」

「臨時雇員穿的制服嗎？」

亞絲塔露蒂淡然的回答讓那月從鼻子哼出聲音。

「難不成他們覺得發一套樸素沒個性的衣服，就能掩飾妳的身分？那些欠缺美學意識的公社職員似乎就會這麼想。」

「關於『美學意識』的資訊不足。要求對這套服裝的問題點進行補充說明。」

亞絲塔露蒂微微地偏過頭反問。

那月揚起嘴角笑著說：

「妳的衣服，之後由我親自來選，就這麼回事。當我的助手要穿相稱的服裝。記好了，亞絲塔露蒂，『可愛就是攻擊力』。」

「命令領受──」

亞絲塔露蒂憨直地點頭。那月看似滿意地瞇眼後，踏進研究所的土地內。

殲教師把這座研究所當成藏身處，是為了調整植入亞絲塔露蒂體內的人工眷獸。當時使用的調整數據恐怕仍在研究所中的某處留有形跡。

要在落入其他魔導罪犯手中以前回收那寶貴的數據──那月的目的便是如此。人工眷獸的危險性已經從基石之門襲擊事件獲得證明。像亞絲塔露蒂這樣的存在，不容留下量產的可能性。

「……人工生命體的調整槽，比想像中還大費周章呢。」

抵達研究所的實驗區塊後，那月環顧整層樓，板起臉孔。

讓人聯想到教會聖堂的挑高廣闊房間。

井然有序地排在那裡的是圓筒型水槽。高度超過兩公尺的水槽中注滿了混濁的琥珀色液體，還有廢棄的人工生命體殘骸漂浮著。與其形容成駭人，不如說是可悲的景象。

「我不認為憑洛坦陵奇亞的花和尚一個人，就能辦到這種把眷獸植入人工生命體的把戲。想成有人協助才自然——妳對自己的設計者是誰心裡有數嗎，亞絲塔露蒂？」

「我表示否定（Negative）。啟動前的記憶已全被抹消。」

亞絲塔露蒂搖頭。無法從沒有情緒波動的淡藍色眼睛推量她的內心。

那月靜靜吐氣。

「我想也是……表示有誰受了奧斯塔赫委託，對人工生命體進行調整的另有其人。」

話一說完，那月忽然停下腳步。殘留在樓層的異味讓她蹙起柳眉。

「亞絲塔露蒂，妳在這一樓的入口待命。假如有人接近這棟建築物就交給妳應對，照妳的判斷來行動無妨，要驅逐或捉拿都隨妳高興。」

「命令領受。」

亞絲塔露蒂遵照那月的指示，開始從通道折返。

那月默默地目送她片刻，然後將陽傘轉了一圈。趕走亞絲塔露蒂是那月最起碼的體貼。

縱使是情緒受控制的人工生命體，也不該目睹這種有同類殘骸漂浮著的地方。

「接下來……」

那月走到操控裝置前，瞥了一眼機器的狀態。

研究所似乎到現在仍有電源，螢幕上顯示著調整槽的狀態。但上頭所示的數字都亂七八糟，程式好像並沒有正常運作。

「資料全被刪除了……不過，即使是這種狀態，或許靠藍羽的本事還是能復原（Salvage）。」

那月冷冷地往下瞪著螢幕嘀咕。

叫藍羽淺蔥的少女也是那月的學生，她是被人工島管理公社用高薪聘請的天才駭客。只要硬體安在，她難保沒有手段從電子儀器留下的蛛絲馬跡讓應當已遭消除的程式重現。

「創造眷獸共生型人工生命體的技術，要讓給人工島管理公社的那些人也是可惱……該怎麼辦好呢？」

唔——那月難得陷入沉思。

人工眷獸的技術不能交到魔導罪犯手上，話雖這麼說，也不是交給人工島管理公社就能安心。因為完全沒辦法保證公社的人就不會濫用該項技術。

以物理性手段破壞留在研究所內的機器才穩當，問題在於那月不能親自動手。她是受公社委託來調查這棟研究所的，如果她親自毀棄資料，這種舉動顯然是違背契約。要擅自破壞設施，就得有足以動手的大義名分。

「…………」

仍想不出具體對策的那月走向設施地下。

鑽過金屬分隔牆，令人不快的臭味便衝著鼻子而來。

昏暗的地下研究室內部有無數醫療機器和床鋪像墓碑一樣排列著。

「機械人偶嗎……品味低劣的把戲……」

診療台上有被大卸八塊的人型殘骸遭到隨意棄置。

從外露的傷口可以窺見生鏽的金屬骨骼，以及塑膠製的人工肌肉。看起來就像用人偶零件創作的醜陋藝術。

「不……這種手法，我倒有印象……」

那月望著診療台上的殘骸，微微地歪了嘴。

創造出栩栩如生的精巧機械人偶，再毫不留情地把它們當消耗品零件使用的冷酷技師，還有本事將眷獸移植到人工生命體身上，又對這種凶殘勾當不以為然的魔導罪犯。滿足其條件的人物姓名，那月只知道一個。

然而，那月還沒講出該名男子的姓名，就有金屬嘎吱作響的聲音傳來。

原本躺在診療台上的眾多機械人偶察覺到那月接近，便突然動了起來。

「哦……想跟我鬥？」

那月看著機械人偶站起的身影，凶猛地微笑了。

機械人偶們的眼睛發出深紅光芒，由它們的全身上下冒出槍口及刀械。明顯是戰鬥的態勢。機械人偶們的主人恐怕是為了殺害追蹤者，才把自己的作品留在這座研究所當陷阱。

「受三原則的影響，自律型機械人偶應該是無法攻擊人類——」

那月回望對著自己的槍口，興趣濃厚似的嘀咕。

市售的機械人偶在啟動核都加裝了第一非殺傷原則的保護。只要有那層牢靠的保險裝置（Safety），機械人偶應該就無法傷害那月。

然而留在研究所的機械人偶卻毫不遲疑地朝那月開火了。彈雨灑落，撕裂那月的身軀——讓人以為會如此的瞬間，她的身影留下漣漪般的波紋，好似溶於虛空一樣消失了。

接著，那月毫無預警地出現在機械人偶們背後。

即使如此，機械人偶們仍全身發出嘎吱聲響，並用人類不可能會有的速度對那月的動作做出反應。但是，從空中出現了銀色鎖鏈，速度驚人地逐步纏住她們全身。

「果然是一次性（One-off）的自組核心嗎？能自行組裝機械人偶核心的魔導技師——原來如此，我曉得亞絲塔露蒂的設計者身分了。」

那月望著被擒的機械人偶們，態似慵懶地嘆了氣。

機械人偶們活動完全受制，卻還是不停止動作。她們好似要扯斷自己的關節，強行對那月發動攻擊。機械人偶們不具備痛覺，連自身肉體毀壞也不怕。她們會忠實地持續執行主人的命令，直到完全遭到摧毀才停止。

「妳們可是寶貴的範本。給我安分點——」

那月咂嘴有聲地揮了左手拿的黑色蕾絲扇。

機械人偶們的動作隨即像斷線一樣停住。

原本埋藏於精密迴路的礦石結晶滾到地上，發出清脆聲響。是機械人偶的啟動核。那月藉著操控空間的魔法，單從她們體內拔出了相當於機械人偶心臟的核心。

「真是，讓我費了這麼多工夫——」

那月拍了拍沾到禮服上的灰塵，短短嘆了一口氣。

機械人偶失去啟動核，已無法再攻擊那月。研究所內設的陷阱應該都處理得告一段落了。然而……

「——！」

那月察覺到另有咒力的新動靜，蹦也似的朝背後回過頭。

昏暗中，飄著長了銀翅的小小蝴蝶。

雖然只有一絲絲，但是從銀蝶身上可以感受到咒力。和那些機械人偶屬於不同系統的咒術。

察覺這一點的那月以左手持扇揮舞，並發出目不可視的衝擊波將銀蝶打落。

銀蝶的殘骸變成薄薄金屬片，無聲無息地散落在地上。

「居然是……式神？」

那月低頭看著斷裂的金屬片，恨恨地咬起嘴唇。

銀蝶的戰鬥力並沒有強到需要戒備，純屬偵察用的式神。

問題在於，那月受了那具式神的監視，而且連那月都沒有發覺這一點。術式具有驚人的高度隱蔽能力，能熟練地完全駕馭——操控這隻銀蝶的施術者應該不是尋常人物。

「照跡象看來……施術者就在附近……」

那月循咒力的形跡反過來偵測，還微微舐了嘴唇。

會碰上技術如此高超的式神使用者，想必並非單純的巧合。再考慮到那些被留下來當陷阱的機械人偶，把這名式神使用者跟人偶們一樣視為那月的「敵人」才比較自然。

「哼，有意思。目的是妨礙調查嗎——雖然不曉得是誰，你這個用式神的敢來搗亂，可要付出昂貴的代價！」

別號「魔族殺手」的嬌小魔女放話似的這麼嘀咕以後，便散發出冷冷的殺氣，優雅沉靜地露出微笑。

4

「——我的式神被擊落了？」

近似靜電刺激的不適感讓煌坂紗矢華綳著臉，低聲發出驚呼。

咒術被破的反作用力使得指尖有一絲麻痺。施放用於偵察的式神，在接近目標前就單方面遭到擊落了，連敵方招式的底細都沒能確認。

「不會吧……明明隱蔽（Stealth）得很完美……！」

如此嘀咕的紗矢華從揹著的樂器盒拔了劍。

紗矢華所在的地方，是被判斷為「人偶師」安德雷多藏身處的老舊研究所故址。所內留有許多「人偶師」設下的陷阱。紗矢華及早發現了這一點，就避免胡亂走動，改成澈底用式神進行隱密偵察。

然而，式神遭到擊破，導致紗矢華本身用於隱匿的結界也被破除，似乎有幾道「人偶師」的陷阱發動了。有動靜顯示留在研究所內的機械人偶啟動以後，正朝紗矢華接近。

敵人共有兩具。內藏槍械的武裝機械人偶。

「可以的話我並不想用，但是也由不得我說不了——『煌華麟』！」

紗矢華舉起銀色長劍，從柱子的死角衝了出去。

武裝機械人偶對紗矢華起了反應，便用雙臂內藏的機關槍連續開火。紗矢華卻不管傾盆而注的槍彈，隨意揮下劍。

紗矢華的劍名為「煌華麟」，具有將結合的空間本身切斷的附加效果。雖然僅是以咒術模擬出被切斷的空間，但藉此創造的空間斷層能完全隔絕所有物理性攻擊。憑機關槍的子彈，不可能打破那道絕對防禦。

接著紗矢華就趁槍擊中斷的一瞬間空檔，朝機械人偶揮劍掃過。金屬骨骼連同中樞部位都遭到破壞，機械人偶立即停住動作。

然後紗矢華隔著牆壁，用劍刺向另一具機械人偶。

對她那把能斬斷空間的劍來說，厚實的混凝土牆壁等於不存在。機械人偶的啟動核被劍貫穿，便無從反抗地當場倒下。

「總之，這樣就把攪局者收拾掉了……不過問題在剛才的魔法師呢……」

紗矢華再次躲進柱子死角，調整了紊亂的呼吸。

她目前的所在地是研究所地下四樓，和敵方魔法師還有足夠的距離。即使剛才的槍聲被發現，對方應該也無法掌握紗矢華的精確位置。

「那個魔法師，也是和『人偶師』一伙的嗎？受不了……光是對付機械人偶就夠麻煩的了……！」

紗矢華嘀嘀咕咕地在嘴裡抱怨，再度放出式神。

這次目的在於確認敵人真面目，為此就算被敵人發現也無所謂。因此她創造出探查能力高於隱蔽性的術式。

金屬護符幻化成銀梟，悄悄飛向黑暗中。紗矢華擅用這種強行偵察型的式神，但……

「──！」

銀梟送出去還不到一分鐘，青白色火花就在紗矢華眼前迸現。式神被擊落了。

「不會吧……為什麼！對方剛才明明人還在西館……！」

紗矢華承受咒術的反作用力，拚命想將混亂的思路理出頭緒。

第二具式神被擊落的地點，和起初發現敵人的地方隔了兩個以上的區塊。在紗矢華轉移目光的短短時間內，應該不可能移動那麼長的距離。

然而在紗矢華取回冷靜之前，彷彿被冰冷手掌觸碰的寒意便朝她來襲。敵方用探測魔法找到她了。

「被對方沿著咒力的痕跡逆向探測了？怎麼可能──！」

紗矢華緊握劍柄，愕然屏息。

利用式神遺留的些微咒力痕跡查出施術者的位置。原理是可以理解，然而要實現卻需要對術式有極高水準的掌握。於實戰中能使用那種高難度魔法的人，即使在獅子王機關也屈指可數。

紗矢華體認到敵方魔法師深不見底的實力，全身冒汗。

「不妙……要是再留在這裡……！」

紗矢華受焦慮感驅使，衝到通道上。立場與短短幾秒前完全相反，如今被監視的是她。有道銀色光芒卻好似要攔住想逃的紗矢華，從她的視野橫越而過。

金屬間碰撞的清脆聲音在昏暗樓層裡響起。

「鎖、鎖鏈？到底從哪裡來的——！」

擋住紗矢華去路的光芒真面目是鎖鏈。分不出從哪伸出的銀鏈像長槍一樣降下，將紗矢華逃脫的路線堵住了。

唔——紗矢華咬住嘴唇。目前的她形同被困在籠中的幼鳥，再這樣下去只能等著被對方凌遲。

銀鏈數量在這段期間仍在增加，還逐漸收攏包圍的圈子。已經沒空猶豫了。紗矢華右手伸進制服胸口，一把將抓得住的咒符全部抽出。

「——響鳴吧！」

於是在紗矢華唱誦完禱詞後，打旋如龍捲的鎖鏈就纏向她全身，將她的身影完全遮住。

「沒有……得手？」

南宮那月語氣不悅地嘀咕。

斯凱爾特製藥研究所一樓，擺放調整槽的樓層。那月以空間操控術式施展的攻擊，時機肯定是完美無缺。

她完全掌握了使用式神的敵人位置，「規戒之鎖(Lædingr)」展開的包圍網更是毫無死角。那月的攻擊理應會手到擒來才對。

然而，那月的鎖鏈只抓到了敵人創造的新式神。對方用轉眼間創出的新式神當替身，直接逃出那月設下的包圍。

「雖然我有手下留情，但對方居然能防範那招……那個用式神的，究竟是什麼人？」

那月握著陽傘的指頭使勁，並愉快地揚起嘴角。

雖說鎖鏈包圍網遭破，但她並沒有追丟式神使用者。只要再發動一次相同的攻擊，這次肯定能逮到對方才對。

那月如此游刃有餘的笑容，在下個瞬間轉變成困惑之色。因為她感測到的敵人動靜突然

有了預料外的變化。

「氣息分散開了？表示敵方不只一個人……？」

式神使用者彷彿在嘲笑困惑的那月，發出的氣息逐漸增加。由一分二，再由二分四——不久數目就分裂成十六了。

使用原本難度就高的遠距離探查魔法的那月無法繼續追蹤所有動靜。

「活動式誘餌……真會玩些麻煩的把戲呢。」

那月察覺敵人所用的術式真面目，便低聲咂嘴。

式神使用者灑出了會散發和自己相同氣息的式神當誘餌，藉此騙過那月的探測魔法。對方反過來利用被探測的咒術路徑擺了她一道。

「以臨場想到的點子來說，判斷得倒不錯，但是沒用，我要將那些一起解決。」

那月攤開扇子，連同左臂一起緩緩揮動。

當誘餌的式神刻意散發出氣息，位置便容易掌握。即使數量多，只要知道地點就不難發動攻擊。

對能夠隨意操控空間的那月而言，跟敵方之間的距離和障礙物並不是問題。她從虛空射出銀鏈，穿越研究所的樓層，陸續擊穿式神使用者的誘餌。

誘餌瞬間減少，不久最後一具消滅了。

直到此時，那月臉上才露出疑惑。

「居然……追丟本尊了？」

式神使用者的目的應該是混在誘餌中逃走。

但是在破壞掉的十六具誘餌中，全都沒有施術者本尊。

話雖如此，施術者要同時操控十六具式神，又要消去自身氣息，想必無法移動。基於咒術的原理，那是絕不可能辦到的。

「難道對方並沒有從原先的位置移動？既然如此，放誘餌是為了什麼……？」

那月無法理解敵人的盤算，動作一瞬間停了下來。

而敵人似乎算準她停下的時機，放出了新式神。

那並非方才的偵察用式神，而是與猛禽相仿的攻擊用大型式神。它利用研究所內的通風口，精確地朝那月所在的地點逼近。

「是嗎，對方意在探出我的下落——！」

式神使用者放出的十六具誘餌並不是單純為了逃走而使出的障眼法。故意讓誘餌被摧毀，藉此探出攻擊的起點與軌道，然後弄清那月的下落——這才是敵人真正的目的。

「高招。但是，很可惜——」

敵人放的攻擊型式神就要抵達那月所在的一樓。

但是在那之前，那月隨手揮了仍然開著的陽傘。

霎時間，她的身體溶入虛空，然後移到了遠處的另一塊地方。那月操控空間「移轉」了約八十公尺遠。

「找到你了，用式神的！」

接著，那月又對敵方施術者發動攻擊。施術者正在操作強大的攻擊型式神，因此無法消去自身氣息。敵人躲的位置被她完全看清了。

這次那月穿越空間放出的銀鏈就完美地逮住了式神使用者——

「什……麼？」

但是，當那月以為抓到施術者身體的瞬間，從銀鏈傳來的手感卻消失了。察覺這一點的她臉上更添險惡。

「將『規戒之鎖』斬斷了嗎！」

那月的攻擊沒有失手。但是，她放出的銀鏈遭到式神使用者反擊而斷開。眾神打造的「規戒之鎖」斷開了——

這種伎倆只有和「規戒之鎖」同樣環繞神氣的武器辦得到，要不然就是——

「空間切斷能力……！對方是什麼人物？」

那月自己發動的攻擊搖撼了敵人四周的空間。

因此她無法追蹤式神使用者的氣息。完全追丟了。
換句話說，就是那月讓敵人溜了。
「低估對方了嗎……好吧，接下來我可要動真格了。」
遇上前所未見的難纏敵人使得那月不自覺露出微笑。

5

紗矢華將修長的身軀藏在狹窄逃生梯下，按住心臟。
她屏住呼吸確認沒有敵人追殺才捂了捂胸口。
「好……險……！」
紗矢華緊握長劍的掌心被汗水沾得濕漉漉。她陷入的處境就是如此緊迫。
能無視所有遮蔽物，從空間縫隙中來襲的詭異銀鏈。恐怕是知名的神器或魔具一類。會用那種玩意兒的敵人偏讓她遇上，真是意料外的災難。
「那傢伙是怎樣嘛！我沒聽說有那種等級的人物耶！就是因為這樣，我才討厭師尊大人派的任務！」

紗矢華設下用來消除氣息的結界，並且深深嘆氣。

雖然她成功利用敵人的攻擊隱藏蹤影了，卻因此變得無法動彈。除非設法讓對方無力化，否則就連逃離研究所都不可能。

問題在於紗矢華對敵人的底細一無所知。別說對方所用的魔法真面目，紗矢華連對方朝她發動攻擊的理由都不明白。

「況且，追蹤（Homing）型式神怎麼會被甩掉……！我明明已經正確掌握到那傢伙的下落了——」

紗矢華焦躁地咬指甲，將迷失目標的式神解除操控。

她的式神肯定抓到了敵人的位置。攻擊型式神的飛行速度同於真正猛禽，人類不可能甩開。假如被擊墜也就罷了，式神絕不會讓敵人溜掉。

「能用的誘餌還剩九具。雖然不夠充裕，但是……！」

紗矢華從制服胸口取出了新咒符。

對方為了擺脫式神追蹤，絕對用了某種魔法。她要弄清那項術式的玄虛。雖然這是場形勢不利的賭局，反正再拖下去也沒有勝算。

紗矢華仿造自身模樣造出了七具式神，然後將它們各自派往不同的方向，手邊只預留一具。

這次的誘餌是只會產生最低限度咒力的隱蔽型。在敵方看來，應該會覺得是紗矢華本人

正壓抑氣息要逃走。

「在這種距離還沒有被發現……可見對方的偵敵能力並不高。既然如此——」

紗矢華感受到程度驚人的緊張與壓力，仍專心操控式神。她這次的策略致勝關鍵在於時機，只要有一絲鬆懈，難保不會直通死亡的危險賭局。

於是，當紗矢華繃緊的神經即將面臨極限時——

散開的其中一具誘餌遭受銀鏈襲擊了。

式神挨中鎖鏈如長鞭的一擊，身體隨之彈飛。

「上鉤了……！在那邊！」

霎時間，紗矢華也有了動作。

擔任誘餌的式神在被破壞的前一刻，掌握了發動攻擊的施術者的位置。紗矢華就運用位置的資訊，命令存活的誘餌們對敵人進攻。

她讓式神們變形，從人型重組為近似狼的猛獸姿態。

雖然咒力消耗甚劇，相對的，式神的攻擊力與移動速度都有了巨幅提升。它們合力組成陣形，並包圍似的逐漸與敵人拉近距離。

無論敵方施術者有多麼以移動速度自豪，靠正常的方式無法從這道包圍網逃掉。假如要強行打破包圍，就非得用魔法才行。那正是紗矢華期望的狀況。為了看清敵人的術式，她才設了這個局。

可是——

「不會吧！」

紗矢華的式神突然從背後遭到突襲，被人破壞了。

接連兩具被毀。緊接著，又有兩具遇襲。攻擊全都來自無法預料的方位。

「搞什麼嘛，這傢伙的移動速度！式神被……糟糕！」

式神包圍網被破，紗矢華的策略沒兩下就落空了。原本敵人應該會被逼上絕路，但那名魔法師卻從包圍網的外側對式神們發動了攻擊。

不到十秒鐘，所有式神便遭到破壞。一切都在轉眼間發生。

紗矢華預留在手邊的最後一具式神，當著立刻趴到地上的她眼前被破壞了。紗矢華埋在被撕裂的咒符底下，懷著祈禱般的心境閉著眼睛。

銀鏈將頂替紗矢華的式神破壞得七零八落之後，又消失於虛空。

敵方的戰鬥能力遠超乎預料。紗矢華耍小聰明的策略被對方用壓倒性的力量當面粉碎。

但是那股壓倒性的力量反而揭露了敵人身分。

「不會錯，對方用了空間移轉（Teleport）！表示我在對付有那種本領的高階魔法師嗎！」

紗矢華吁吁喘氣，緩緩起身。

敵方懂得用空間操控魔法，會是老練的高階魔法師或者魔女呢——只論魔法的能耐，對手在全方面都凌駕於紗矢華。

然而，紗矢華是獅子王機關的舞威媛，詛咒與暗殺的專家。只要掌握到敵人真面目，對抗的手段多的是。

「ＯＫ……那我還是有我的辦法。別小看獅子王機關的舞威媛。」

紗矢華說完就撥開後腦杓的馬尾，取出了新咒符。

「有動作了……數量不少。」

那月感應到新出現的式神氣息，敗興似的瞇起眼。

各具式神蘊藏的咒力並沒有多強，對方應該已經沒有足夠的裝備能造出完整的誘餌了。式神使用者操縱的全是偵察用的平凡式神。

但是，數量相對較多。式神的數目近四十具。它們同時散開後，就像要圍住那月一樣逼近而來。

「優先探測偵敵的群狼戰法嗎？判斷得倒不錯——」

那月靠空間移轉移動到式神包圍網的外側。

偵察用的式神們放著不管無妨，該提防的是混在雜兵中的攻擊型式神。其數量只有四具。那恐怕才是敵人真正的目的。然而……

「沒用的，包圍戰術對我可不管用。先收拾一具——」

那月射出銀鏈，精確地挑中了攻擊型式神予以破壞。雖然那月的位置會被偵察用式神辨明，但屆時她早就移轉到其他地方了。

「就這點本事？」

緊接著，那月又破壞了兩具式神，然後失望地嘀咕起來。敵方主動進攻，行動卻顯得太過單調，大量放出的式神也幾乎沒有成功發揮機能。

「不……太容易了……對方差不多也該發現我用的是空間操控才對——」

這並無道理，那月發自本能感到不對勁而低吟。於是當她針對最後一具攻擊型式神發動空間移轉之後——

「什麼！」

那月的視野被驚人閃光與爆焰蓋過了。火焰注滿研究所通道，爆壓從四面八方朝她襲來。因為在那月著地後，爆炸系咒術就從旁爆發了。

「地雷區？這就是對方的用意嗎——！」

爆炸接連掀起，使得那月板起了臉孔。

大量放出的成群偵察用式神，還有混在其中的攻擊型式神都只是幌子罷了。敵人預測到那月最後移動的位置，事先鋪設了大量自爆型式神。

正常用步行方式移動，立刻就能看穿這種拙劣的陷阱，但穿越空間而來的那月沒能發現這一點。她完全中了對方的引誘。

「真是……我可是很中意這把陽傘的。」

足以燒光研究所一整個區塊的驚人火勢包圍了那月四周。

以無數蕾絲點綴的豪華陽傘在火焰籠罩下燒燬了。

但那月毫髮無傷。從虛空出現的兩隻手臂——被黃金鎧甲包覆的機械巨臂裹住了那月，保護著她。

那雙手臂是被魔女稱為「守護者」的惡魔眷屬所有。

那月並非普通的魔法師，她是靠與惡魔定下邪門契約獲得超凡力量的魔女。以契約為代價換來的「守護者」讓那月時時都受到保護，儘管那也是在她違約時就會立刻收割其靈魂的監視者——

「逼得我用上『守護者』，了不起。」

那月用扇子遮著嘴邊的笑容，看似愉快地嘀咕了一句。

她以衝擊波消除仍未燃燒完的餘焰，然後用指尖在虛空畫出魔法陣——

「那麼接下來換我了。咒符也沒什麼好指望了吧？用式神的，讓我瞧瞧你還能如何。」

6

紗矢華感應到龐大魔力在頭上膨發，跑過陰暗的通道。

焦心如灼的情緒正從紗矢華背後陣陣湧上。

畢竟剛才發動的攻擊是她幾乎用盡所有裝備的壓箱底招式，她實在沒有想到敵人能毫髮無傷地撐過去。

「太離譜了吧……居然能擋掉那招，對方到底是怎麼辦到的！明明沒有重組空間操控術式的空間啊——！」

紗矢華連亂掉的髮型都不顧就衝上樓梯。

用來創造式神的咒符沒剩多少張了。遠距離互相出招，紗矢華顯然不會有勝算。剩下的選項只有一種——將距離拉近，直接攻擊。

問題在於敵方的真面目到現在仍未釐清。但是，紗矢華已經沒有餘裕對此煩惱了。

「找到了？這些傢伙是什麼！」

紗矢華察覺到有異樣物體接近，便連忙停下。

幽幽發亮的獸群占滿了狹窄的逃生通道，彷彿正等著她來。外觀像小小的熊玩偶，但是，數目起碼超過三十隻——

它們擺動著短短的手腳，同時朝紗矢華衝來。

「我懂了，是魔女的使役魔（Familiar）！數量好多！」

紗矢華望著以魔力編織成的半實體熊群，咬得牙關作響。

這群使役魔的身體不到三十公分高，每一隻內藏的魔力卻相當於數枚手榴彈。數量這麼多要是一起爆炸，威力應該可以輕鬆炸飛獨棟房屋，當然更能將紗矢華炸得粉身碎骨。

「糟……糕！再這樣下去……！」

紗矢華被接近而來的熊群逼得節節後退，最後被迫退到通道盡頭。熊群們見狀，加緊進逼的勢頭。

它們就這樣一起撲了過來，想拖著紗矢華自爆。

「煌、『煌華麟』——！」

趕在熊群爆炸的前一刻，紗矢華揮劍了。出劍的軌跡在空間造出斷層，阻絕一切衝擊。

同時，紗矢華還用剩下的所有護符造出最後一具誘餌。

第二波熊群就追著誘餌，從紗矢華的面前通過。

紗矢華確認最後一隻態從視野消失，才無力地當場癱了下來。用「煌華麟」造出的防禦屏障效果只能持續短短一瞬，時機稍有誤差，現在她的身體應該就被炸得稀爛四散了。

不過，最惡劣的狀況似乎勉強克服了。

「我還以為……會死……！不過，雖然只有那麼一瞬，我看見妳的真面目了！」

紗矢華將銀色長劍當成拐杖，搖搖晃晃地站起身。

她沿著操控使役魔的魔力路徑反向偵測，在短短一瞬間感應到身為施術者的魔女形影，這才弄清對方的所在處。

令人意外的是，魔女的真面目是個約十一二歲的嬌小少女。

臉孔端整得有如人工之物，身上還穿著豪華得嚇人的禮服。年幼容貌更散發出不相稱的奇妙威嚴，怎麼想都不會是尋常人物。

「那是人偶吧……雖然應該不是普通的機械人偶……」

一般而言，機械人偶不可能會使用魔法。不過，紗矢華追查的對象是據稱擁有稀世才華的「人偶師」安德雷多，即使對方準備了內藏特殊魔法裝置的新型機械人偶也不足為奇。

說起來，敵方施術者所用的魔法以常人來說太過強大了。將對方想成特殊的機械人偶，反而能讓人信服。

「總之對方既然不是人，就沒有理由客氣，我要用王牌了。」

紗矢華像在說服自己一樣嘀咕以後，將長劍舉到胸口的高度。

而「煌華麟」就在她手中開始變形。分隔成前後段的劍身轉了一大圈，從中冒出強韌弓弦。長劍的外形變成描繪出優美弧度的西洋弓。

那就是名為六式重裝降魔弓的「煌華麟」真正的姿態。

「機會只有一次……對吧！那正好！」

紗矢華掀起制服裙襬，從綁在大腿上的箭套取出了金屬飛鏢。接著右手一晃，飛鏢就伸長變成銀色弓矢。

紗矢華將那支咒箭朝向挑高的天花板，然後引滿弓弦。

「狻猊之舞伶暨高神真射姫於此誦求——」

敵方魔女的所在處已經掌握到了。雖然被研究所構造錯綜複雜的建築物擋著，但是能穿越那些障礙物進行攻擊的人並非只有操控空間的魔女。

箭而言之，只要穿過所有障礙物，直接讓咒力命中目標就行了。

「極光的炎駒、煌華的麒麟，汝統天樂及轟雷，乃披憤焰貫射妖靈冥鬼之器——！」

紗矢華灌入全副咒力，然後放出咒矢。

銀箭轟然撕裂大氣，隨優美的軌跡飛翔而去——

「逮到你了，式神使用者——！」

那月在空中畫出新的魔法陣，並且戰意高昂地露出牙齒。

式神使用者的位置是在地下三樓的逃生通道。用不著發動探測魔法，凝聚的龐大咒力就傳達過來了。對方似乎毫髮無傷地當場撐過了那月的熊群使役魔攻勢。

「是靠模擬的空間斷層讓使役魔攻擊失效吧。不過，用那種方式，應該沒辦法連續展開屏障才對。」

那月說著悠然舉起蕾絲扇。

式神使用者聚起的咒力正逐漸增加密度。那大概是靠唱誦禱詞來進行過度增幅。對方打算祭出大規模的咒術。

但是，那月的攻擊比敵人發動術式更快——

「或者你能當場閃開——這四十九道『規戒之鎖』的時間差攻擊？」

那月揮下扇子。空間在冒出無數看不見的裂縫之後射出了銀鏈。它們把身為目標的式神使用者團團包圍，然後從四面八方一起將其捆住——

「——什麼！」

就在隨後，篤定會贏的那月驚愕得臉都僵掉了。

式神使用者發動攻擊，灑出了驚人的衝擊波，將那月的銀鏈彈開。

「弓……？不，嚆矢嗎！這荒謬的靈力量是怎麼回事……？」

猛烈的地鳴聲搖撼了整棟建築。

由於氣壓急遽改變，鼓膜跟著叫苦。式神使用者的攻擊並不是單純灑出龐大衝擊波而已。衝擊波造成的巨響轉換成咒語，唱誦出足以影響氣象的巨大魔法術式。

「難道說，對方想將這棟建築物連同我一起轟垮嗎——！」

那月望著逐漸崩塌的研究所，茫然嘀咕。

式神使用者祭出的術式是用於大規模破壞的咒術砲擊。原本那是要動用幾十人來實行的儀式魔法級咒詛。那種等級的攻擊應該確實能穿過牆壁或地板的阻礙，直接狙擊那月。

連那月也沒有料到自己竟然會被這種手段狙擊。

「在這種狀況下用空間移轉……不行！該怎麼做！要解除『輪環王(Rheingold)』的封印嗎……？可是……！」

龐大咒力釋出的餘波使得空間操控魔法無法啟動。「守護者」在封印狀態下的力量並不完整，恐怕無法完全擋下那道砲擊。

可是那月不解除「守護者」的封印有其理由。因為她的「輪環王」太過強大，胡亂解放可能會對絃神島造成莫大損害。

「教官（Master）——」

內心糾結的那月身邊傳來了不具感情的靜靜呼喚聲。事到如今仍面無表情的人工生命體少女正無聲無息地站在那月背後。

「亞絲塔露蒂……？」

「報告（Report）。感應到大規模制壓型魔導兵器發動。我判斷必須有所因應。」

呵——那月微微苦笑。亞絲塔露蒂乖乖遵守了那月要她獨自判斷行動的命令，而且她那樣的判斷將能解救那月的危機。

「讓眷獸實體化，亞絲塔露蒂！現在馬上！責任我擔。用全力去拚！」

那月的命令讓人工生命體少女點了頭。

式神使用者的咒術砲擊已經來到那月她們腳邊，但是亞絲塔露蒂從背後長出的虹色翅膀快了一瞬，先將那月她們包住。

「命令領受。執行吧，『薔薇的指尖（Rododaktylos）』——」

7

傍晚的天空在頭頂蔓延。南國特有的鮮豔夕陽景致。染成紅色的陽光清晰照出了揚起的沙塵與土粒。

紗矢華撥開落在肩膀上的混凝土碎片，緩緩抬起臉龐。

映於視野的是半毀的斯凱爾特製藥研究所的建築物。紗矢華的咒術砲擊導致地下建築大多坍崩，地上的部分也剷平了一整塊。宛如巡弋飛彈直接命中，或者遭受大規模炸彈恐攻的光景。

「成功了……！就算對方再難纏，這樣就──」

紗矢華將「煌華麟」變回長劍形態，安心地吐了氣。咒術砲擊發動的時機完美，最大規模的熱能衝擊波鐵定將魔女捲入其中了。操控空間的技術再怎麼高竿，應該也無法逃過那樣的靈力餘波。

直到最後都無法得知敵人的身分是很遺憾，不過遇上這等強敵，光是能存活應該就可圈可點了──紗矢華如此告訴自己。於是──

「咦？」

這樣的她身體突然輕飄飄地浮到半空中。從虛空出現的銀鏈纏住了紗矢華的手腳，直接將她吊起來。

接著在失去自由的紗矢華面前，有兩道人影蕩漾如漣漪地從空間中出現。一個是有著藍色頭髮的人工生命體少女；另一個則是身穿豪華禮服的嬌小魔女。

「不、不會吧！毫髮無傷……為什麼……！」

紗矢華看見容貌年幼如人偶的魔女，這才說不出話。「煌華麟」的魔彈是獅子王機關給舞威媛的最後王牌，要是連那都不管用，紗矢華就一籌莫展了。

然而，魔女對於紗矢華的殺招似乎若有所思。她望著紗矢華握的長劍，感嘆地吐氣。

「原來如此……剛才那就是六式重裝降魔弓——獅子王機關的試作型可變制壓兵器嗎？但我聽說找不到能運用的施術者，量產的計畫就被擱置了。」

「妳是……什麼人？為什麼機械人偶會曉得這些事情……？」

紗矢華神情緊繃地問了一句。舞威媛身為暗殺者，武器底細是最重要的機密情資。並非魔導罪犯造出的機械人偶不應該知道這些。

然而，被叫成機械人偶的嬌小魔女似乎壞了心情，板起臉用折起的扇子朝紗矢華額頭揮了下去。

「好痛……！」

紗矢華被謎樣衝擊波打中，忍不住淚汪汪地發出慘叫。嬌小魔女擺出冷漠眼神望著這樣的她說：

「妳叫誰人偶啊，馬尾猴子。」

「猴、猴子？」

無辜挨罵的紗矢華不甘心地咬住嘴脣。

「妳是獅子王機關的舞威媛吧。來這裡的目的，是要捉拿薩卡利・安德雷多？看來對亞絲塔露蒂進行調整的果然就是『人偶師』。」

「妳……不是安德雷多的作品？」

紗矢華帶著半信半疑的表情，嘀嘀咕咕地反問回去。

要說端整的臉孔也好，體型也好，眼前的魔女看起來只像是人偶，但確實有股機械人偶或人工生命體不可能具備的奇妙威嚴及領導魅力。說起來，這麼會擺架子的人偶可不好找。

嬌小魔女懶洋洋地往上瞪了仍舊吊在半空的紗矢華說：

「我只是來調查這棟建築物，人工島管理公社託我來的。特區警備隊被洛坦陵奇亞的殲教師修理得七葷八素，人手似乎是不夠。」

「人工島管理公社委託妳——」

紗矢華驚覺地眨了眨眼。她想起來絃神島之前，在讀過的資料之中有個要注意的人物姓名。受僱於人工島管理公社的傳奇性魔女大名。

「操控空間的魔女……妳該不會是……南宮那月！人稱魔族殺手的『空隙魔女』！」

「煌坂紗矢華……緣堂緣的徒弟嗎？難怪會讓我感到棘手。」

南宮那月不回應紗矢華的疑問，自顧自地這麼嘀咕。紗矢華看見那月手上拿的身分證，短短地喊了出來。

「那、那是我的攻魔師執照(card)！什麼時候被拿走的！」

「姑且向妳說聲謝謝吧，馬尾猴子。安德雷多留下了用於調整人工生命體的線索，可以的話我是想抹消掉的，多虧有妳幫忙毀了研究所。」

「什、什麼……？」

紗矢華無法理解那月話中的含意，茫然地朝周圍看了一圈。

斯凱爾特製藥的研究所幾乎全毀，原本應該留在那裡的「人偶師」行跡當然也都消失得一乾二淨。何止如此，對人工島結構造成的損害理應也會是一筆可觀的金額。

「等……等一下！妳想把這些全部歸咎給我嗎……！」

紗矢華拉高音調問。那月淡淡地點了頭說：

「那是當然的吧。亞絲塔露蒂，戰鬥紀錄都留著嗎？」

「我表示肯定。斯凱爾特製藥研究所的崩塌主因，可以證明是獅子王機關的舞威媛動用制壓型魔導兵器所致。」

「不、不對……！雖然那確實是直接的原因，可是演變成那樣的過程……倒不如說，是妳們那邊先擊落我的式神吧！」

「啊，對了，亞絲塔露蒂。關於今晚的晚餐，我看還是吃魚類料理吧。聽說人工島西區有家店會提供美味的牛舌魚。」

「不、不要刻意忽視我──！」

那月不近人情的態度幾乎讓紗矢華哭了出來。

在戰鬥中好幾次差點令她喪命的對手何止不是魔導罪犯，還是人工島管理公司的相關人員。再加上擅自動用身為機密兵器的六式重裝降魔弓，結果就將追蹤對象的行跡連同整棟建築物一起毀了。失職成這樣，別說寫檢討報告，甚至還會減薪關禁閉或停職，狀況已經不容她申請特休了。

那月表情傻眼地望著失落的紗矢華，改換心情似的搖頭說：

「那麼……這間研究所毀了，也就沒我的事了。但既然牽扯到安德雷多，總不能就這樣放著不管。」

「不能放著不管……欸，妳打算做什麼？捉拿『人偶師』是歸獅子王機關管轄喔。」

紗矢華以沒勁的口吻警告。

南宮那月的身分是國家攻魔官。歸警察廳管轄的他們，和特務機關獅子王機關的攻魔師多有利害對立的情形，說穿了就是關係惡劣。

接著，那月鄙視似的回頭看了紗矢華這個生意對手。

「處理混進『魔族特區』的魔導罪犯是我的工作，沒道理要被妳抱怨。我們走，亞絲塔露蒂。」

「命令領受——」

那月她們冷冷地轉身背對無法動彈的紗矢華，打算就這樣離去。

紗矢華見狀難免焦急地說：

「咦！啊，等一下……喂，慢著！把這道鎖鏈解除啦！不要丟下我！」

真是——那月打從心裡嫌麻煩似的回頭，當著紗矢華的面用手指彈出一聲脆響。

霎時間，布下的銀鏈毫無預警地消失，被甩出去的紗矢華「呀」地慘叫並摔了下來。屁股和背部重重跌在地上，讓她連抱怨的力氣都沒有了。

那月面無表情地看了這樣的紗矢華一會兒。精確來說，她的目光是朝向縮成一團的紗矢華腳邊，混凝土鋪成的地板。

「……亞絲塔露蒂，那隻馬尾猴子的體重跟外表所見的一樣嗎？」

「我表示肯定。不含裝備的體重推測為四十九公斤。」

對於那月沒禮貌的疑問，人工生命體少女立刻做出回答。那數字太過準確，使得紗矢華說不出話。

「什……什……！」

「哼。原來如此……喂，猴子。」

「連馬尾都省掉了！」

接連被人用太過屈辱的方式對待，紗矢華的心似乎快要挫折不起了。但那月的表情卻與草率口吻形成對比，臉上帶著十分嚴肅的味道。

「妳劈開那邊的地板看看。」

「地板……欸，這底下不是人工島的結構部分嗎？」

「反正妳做就對了。」

「……是是是，我做。什麼跟什麼嘛，受不了！」

自暴自棄的紗矢華遵照吩咐，用「煌華麟」對地板施以重擊。鋒利的銀刃毫無抵抗地陷入混凝土地板。

於是傳來的奇妙手感讓紗矢華跟著露出納悶神色。

那不是建築物地基應有的堅固構造材手感。在地板底下的是空洞。應該是紗矢華跌落時

的震動聲讓那月察覺了其存在。

「這是……隱藏的房間？」

紗矢華鑿出可以供人進去的孔穴，然後探頭望向裡面。

空洞比想像的還要寬闊，和研究所內的實驗室同等規模。內部設有昂貴的實驗機材，還擺了可以讓人生活的簡單家具。

「祕密的地下室……以利用空間移轉進出為前提的機密區塊嗎？進行違法研究的企業往往會有這種機關……看來術式還在發揮機能。」

那月說完就消失了蹤影。她移轉到地下室中了。

「等……等我一下！」

紗矢華連忙往下跳。這是僅剩的線索，不能都交給那月去搜查。

但是，進入地下室的紗矢華很快就對此後悔了。

那裡確實是實驗室，只不過並非為了正派研究者所準備。地板與牆壁滲有濃濃血跡；在研發中遭廢棄的無數機械人偶；還有泡在保存液裡的奇怪人工生物標本——

普通人在這裡窩上半天，精神肯定會變得不正常。這房間就是如此詭異陰森，為瘋狂所點綴。

「這個房間……！」

「是安德雷多的工坊吧。看來使用的時間並不算長……」

那月露骨地露出厭惡神情說道。

為避免踩到濺到地板上的血跡，紗矢華一邊用不穩的腳步走動一邊說：

「既然這樣，或許在這裡等著，『人偶師』就會回來……！」

那月立刻否定紗矢華這樣的一絲期待。

「不……似乎不用等那傢伙了。」

「為什麼？」

紗矢華有些訝異地問。那月什麼也不回答。

嬌小魔女默默地望著位於隱藏房間一角的沙發。

那裡果然也擺著停止動作的人型亡骸。不過那既非壞掉的機械人偶，也不是遭到廢棄的人工生命體。

那是全身失去水分，變得乾巴巴的人類乾屍。

穿著破壞牛仔褲與髒兮兮白袍的男子。

那具屍體的特徵，與「人偶師」——薩卡利・多島・安德雷多完全一致。

身為凶惡魔導罪犯，應由紗矢華追蹤的「人偶師」已經死了。

在完全密閉的隱藏房間中，獨自一人——

「這……算什麼嘛！怎麼回事！下手的，到底是誰……！」

紗矢華用沙啞的嗓音嘀咕。

大概是接觸到外界空氣的關係，安德雷多的屍體當著紗矢華等人眼前崩解了，還冒出微微煙塵，沙沙作響地像沙子似的灑落。

紗矢華仍默默地呆立不動，就凝望著那一幕。

儘管嚇得全身發抖，她仍茫然若失地望著。

To Be Continued...

「若在夢中相見」

「煌坂，我喜歡妳。跟我結婚吧。」

「曉、曉古城……？」

被夕陽照耀的海濱公園。古城突然的告白，讓煌坂紗矢華倒抽一口氣。

「那不行啦。你是第四真祖，再說，我還有雪菜……」

「妳很重視姬柊呢。」

「因為雪菜就像我妹妹一樣啊。」

「對啊，要重視妹妹。可是，其實我喜歡的不是妹妹，我覺得姊姊才萌。」

「是、是喔？那你的意思就是喜歡我多於雪菜嘍……？」

「對啊。所以我們結婚吧，煌坂！」

「嗯……嗯嗯！」

古城硬是摟住無法抵抗的紗矢華，還將嘴唇疊上來。紗矢華靜靜地閉上眼睛，隨後就因為後腦杓痛得厲害而醒了。

「是……是夢……？」

紗矢華仍保持從床上摔落的姿勢，口裡茫然地嘀咕。

「那個男的搞什麼嘛！擅自出現在我的夢裡！令人火大耶！」

紗矢華害羞得臉紅，並拿起了手機。

† †

「……煌坂？這麼晚了有什麼事？」

被深夜鈴聲吵醒的古城用睡迷糊的嗓音接起手機。然後——

『你這變態！戀妹真祖！』

「啥？」

古城單方面被臭罵以後，電話就切掉了。於是他握著手機自問：

「……我到底做了什麼？」

還落得一直翻來覆去苦惱到天亮的下場。

SS THE BLOOD #

第三話
人偶之夜
-Night Of The Living Doll-

1

我，就快要壞了——

她躺在棺材形狀的床上，望著昏暗的工坊。

史娃妮塔。那是她的名字。在人工生命體的肉體內埋入精密機械骨骼，世界上唯有一具的活體人偶。由「人偶師」薩卡利·安德雷多之手創造的活藝術品。被賦予美麗少女外表與高超戰鬥能力的史娃妮塔，是安德雷多的忠實僕人兼寵物，同時也是他的伴侶。

然而，如今她的肉體就快要壞了。

被世界最強吸血鬼「第四真祖」的眷獸所焚。

精密的機械骨骼扭曲變形，關節每次活動都會發出不快的嘎吱聲響。

原本美麗的肉體燒爛了半截，毫不間斷的痛苦正在折磨她。

我，就快要壞了——史娃妮塔對此有自覺。即使如此，她仍未絕望。史娃妮塔是人偶，她是安德雷多的作品。「人偶師」身為造物主，應該會立刻修好她。換掉不能動的機械，再換下被燒得醜陋的皮膚。

但「人偶師」安德雷多不知為何，對史娃妮塔看都不看一眼，只是一直靜靜地望著工坊深處的調整槽。

「咯……咯咯……那幾個小鬼有意思。」

安德雷多煩悶似的甩開偏捲的長髮並笑著。他是個將白袍披在赤裸上身，有著頹廢氣質的人物。與其說是科學家或匠人，更容易被聯想成落伍搖滾歌手或反社會性藝術家的男子。

「那就是第四真祖的力量嗎？不錯，實在不錯，永遠都不會見底的無窮力量。那才配得上我的藝術，真想弄到手。妳也這麼想吧，史娃妮塔？」

「——我表示肯定。」

史娃妮塔承受劇痛並回答。破壞她的肉體，還讓她痛苦的元凶，正是安德雷多給予讚賞的第四真祖之力。

這項事實攪亂史娃妮塔的思緒。她就快要壞掉了——

「雖然不知道第四真祖為什麼會一時興起，但是提供魔力給試驗體（亞絲塔露蒂）的人，果然就是那個小鬼。換句話說，只要得到試驗體（它），那傢伙的『永恆』就會歸我們所有。」

「人偶師」安德雷多用陶醉般的語氣說道。

他所說的話讓史娃妮塔取回希望。眷獸共生型人工生命體亞絲塔露蒂。那是與史娃妮塔幾乎在同一時期被安德雷多調整過的人工生命體。

理應只有所剩無幾的壽命，用過即丟的試作品。然而坎坷的命運讓第四真祖把魔力分給了她。身為出自人手的人偶，她卻得到了吸血鬼擁有的一部分永恆。

正因如此，安德雷多想拿回亞絲塔露蒂，為了創造他追求的「永恆」藝術品。史娃妮塔從中看到希望。「人偶師」要取回亞絲塔露蒂，應該會需要史娃妮塔的力量。

「命令領受。為執行命令，請修理我並補充失去的裝備。」

史娃妮塔告訴安德雷多。

「人偶師」鄙視似的低頭看了這樣的她，然後愉快地在嘴邊露出喜色。

「要我修理？哈哈，妳講話變得真有意思，史娃妮塔。」

「……人偶師大人？」

史娃妮塔感到困惑並反問。安德雷多的反應和她預料的不同。「人偶師」眼中浮現的，是面對壞掉的玩具那般無情冷漠的光彩。

「我教過妳好幾次吧？所謂的人偶，就是要『永遠』保持美麗才有活下去的價值。即使身為擁有者的人類亡故，依然要存續。」

「人偶師大人……她是……？」

於是史娃妮塔總算發現了，工坊深處的調整槽之中漂著陌生的生物。直徑約一．五公尺的奇怪蛋型人工生命體。

那東西不定型地改變形狀，在琥珀色的培養液中持續漂著。安德雷多的溫柔目光是對著那顆奇妙的球體。並非對著快要壞掉的史娃妮塔，而是對著新出生的人工生命體。

「這是我造出的最高傑作。尚未完成就是了。」

「最高……傑作？」

為什麼——史娃妮塔自問。「人偶師」的最高傑作，這樣的稱號應該已經給了史娃妮塔才對。然而，為什麼——？

「這傢伙會吸納人工生命體，然後繼承對方的特質（力量）。簡單說，就是會吃掉其他人偶並加以『剝奪』。我要讓她吃下試驗體（亞絲塔露蒂），為了得到真正的『永恆』。」

「我……我要如何是好呢……？」

史娃妮塔反問。抓亞絲塔露蒂應該是她被交派的職責，要是其他作品擔起這項工作，自己該何去何從呢——

「被燒成一副醜樣子又壞掉的妳已經沒價值啦。現在的妳只是廢棄物（垃圾）。」

安德雷多生厭似的朝害怕的史娃妮塔瞥了一眼，然後刻薄地告訴她。

「起來，娜塔納耶爾。吃飯時間到了。」

安德雷多操作調整槽的面板。琥珀色的培養液被排出，名叫娜塔納耶爾的不定型人工生命體醒來了。調整槽的蓋子打開，娜塔納耶爾詭異地蠕動著編織出話語。

『I…I…accept your order……Meister.』

拖著腳步爬出來的娜塔納耶爾的黏液弄髒工坊地板，朝躺在床上的史娃妮塔接近。史娃妮塔全身嘎吱作響，朝「人偶師」伸出手。

遭主人遺棄的驚愕大於自己將被吃掉的恐懼。自己存在的意義受到嚴重動搖。她就快要壞掉了——

「人偶師大人……我……我……」

「妳的零件會交給娜塔納耶爾。乖乖接受處分吧，廢棄物（垃圾）。」

安德雷多話還沒說完，不定型的人工生命體就吞下了史娃妮塔的全身。史娃妮塔全身冒出火烤般的劇痛，埋藏在體內的機械被搶走，活體組織遭受吞噬。娜塔納耶爾正要把史娃妮塔的身體納為己有。

史娃妮塔不停抵抗，但早就快壞掉的她沒有餘力推開新人工生命體的龐大身軀。被不定型的球體完全融合以後，史娃妮塔便消失蹤影。

「哎，差不多就這樣吧。」

一如所料的結果讓安德雷多露出微笑。

不定型的人工生命體吸收掉史娃妮塔的質量，肉體藉此膨脹得比原本近一倍大。其形態也從單純的球形變得更接近人類的輪廓。它繼承了史娃妮塔的知識、經驗以及戰鬥能力。

只要照這樣持續吞噬人工生命體與機械人偶，還有人類與魔族，娜塔納耶爾遲早會成長為最強的活體人偶吧。這麼一來，不只亞絲塔露蒂，或許連第四真祖本身都能吸收掉。「人偶師」想像到此便看似滿意地笑了。

就在隨後，娜塔納耶爾的身體出現了異變。

「命令拒絕（Deny）……」

不定型的肉體開始抽搐，娜塔納耶爾發出沉重的呻吟。有如黏土勞作的醜陋巨軀倒在工坊地上開始掙扎。

「娜塔納耶爾？」

安德雷多察覺新型人工生命體狀況有異，內心為之動搖。

在這段期間，娜塔納耶爾的異常仍持續進展。澄澈的肉體浮現烤焦般的灰色形影，人工生命體好似承受不住劇痛而尖叫。

「啊……唔啊……啊啊啊……嘎啊啊啊啊啊啊！」

「喂，娜塔納耶爾！這怎麼搞的……！」

安德雷多臉上浮現焦慮之色。

不定型的人工生命體輪廓扭曲，從它的背後出現了新的人影。有著純白秀髮的她，模樣與已遭融合的史娃妮塔十分相像，無論是美麗的左邊臉龐或者燒爛的右邊臉龐。

「命令拒絕……命令拒絕……命令拒絕命令拒絕命令拒絕命令拒絕……命令拒絕！」

我，完全壞掉了——史娃妮塔對此有自覺。

被身為主人的「人偶師」捨棄，然後違背其命令時，她的心就壞了。如今，她的欲求只剩下實現唯一目標。

證明自我的存在價值。為此，她咬破了吸納自己的娜塔納耶爾的肉體，重新誕生於世。

「『永遠』地活下去……才是人偶的價值。即使身為擁有者的人類亡故……！」

「史娃妮塔？妳——！」

安德雷多茫然望著大笑的活體人偶，畏懼似的後退。他立刻把手伸向桌上擺的威士忌酒瓶，是為了發動護身用的魔法。這樣的他表情毫無預警地扭曲了。

埋藏於史娃妮塔左臂的機械裝置啟動後，冒出了樣似開山刀的巨刃。而刀尖毫無抵抗地插入了安德雷多的胸膛。

「什……」

心臟被貫穿的安德雷多「嘎」地吐出了鮮血。

史娃妮塔望著這一幕，人工的眼中沒有浮現任何感情。壞掉的她，如今已經可以毫不猶豫地殺害過去的主人。

「我，會得到『永恆』——」

史娃妮塔燒爛的臉頰扭曲，優美地微笑。

「這怎麼可能……史娃妮塔……」

安德雷多的高大身軀當場緩緩倒下。史娃妮塔默默地望著喪命的「人偶師」，將他的屍體隨意丟棄。

史娃妮塔的下半身變成了樣似蜘蛛的八條腿。她靈活運用金屬製的那些腿，從地下工坊爬了出去，然後逐漸消失於黑暗之中。

她完全壞了。不過她明白的就只有自己該做些什麼。

要將「永恆」弄到手。弄到試驗體（亞絲塔露蒂）——

2

乘著盛夏海風飄來的是氯氣的刺鼻臭味。

令人懶洋洋的午後藍天散布著溫暖的水花。彩海學園的室外游泳池，女生正在上體育課。學生們穿著校方指定的競賽泳裝，依序檢測游仰式的時間。

「唔～～……好無力喔……住在這種周圍只有海的島上，為什麼會可悲得必須在學校的泳池裡游泳啊？上學要帶的東西會變多，吹頭髮又很麻煩。」

由於座號順序，頭一個測完時間的淺蔥坐在池畔嘀嘀咕咕地抱怨。將浴巾蓋在頭上是她聊勝於無的防曬對策。紘神島是漂在東京南方海上三百三十公里處的人工島，亞熱帶特有的強烈紫外線毫不留情地從頭上灑落。

「有什麼關係呢？反正淺蔥妳身材好。多虧這樣，我也有保養到眼睛。」

這麼說著對淺蔥笑了笑的人，是她的朋友築島倫。在班上擔任股長，氣質成熟穩重的女生。雖然欠缺親和力，講話也略凶，意外的是倒有不少男生覺得那樣才棒。淺蔥用有些嘔氣的眼神仰望她苗條修長的身材說：

「由妳來講，聽了會覺得是在酸人耶……應該說，問題不在那裡吧。」

「哎，總比被迫在這種大熱天跑馬拉松的男生好啊。妳瞧，曉在看我們這邊喔。」

「咦……！」

被倫一說，淺蔥不由得把手湊到瀏海。焦急的她心想：趁著在操場跑步的古城還沒看見，要把被泳帽壓亂的髮型整理好才行。

然而，倫嘻嘻笑了淺蔥慌張的反應。

「啊，抱歉，我忘記這道圍欄是設計成從外面無法看進來的了。」

「阿倫……我說妳喔……」

淺蔥瞪著一臉不以為意的倫咕噥。

「呵呵……很可惜嗎？」

「哪會啊。古城跟我又沒有什麼關係。」

看淺蔥嘴硬，倫微笑以後突然把目光轉到泳池外。

「對了，講到圍欄，淺蔥，妳聽說過『傳說中的圍欄』嗎？」

「啥？那是什麼？傳說中的圍欄？」

聽起來有點蠢的詞讓淺蔥愣愣地眨了眼。假如是傳說中的武器或防具倒還能理解，區區圍欄應該沒什麼傳說不傳說的吧——她這樣認為。

即使如此，倫還是一臉認真地點頭說：

「沒錯。最近在高中部女生之間，這件事情算傳得滿有名的。」

「沒有耶，我不曉得，第一次聽說。」

「妳看，在更衣室後面不是有間小小的建築物嗎？裡面有跟泳池相關的電力設備。」

「對，有啊。」

淺蔥說著便放眼望去。平時不會特別注意，在更衣室後面確實蓋了像倉庫的四方形建築物。諸如循環過濾式的淨水裝置與氯氣消毒裝置，還有供電用的受變電設備，都存放在建築物中。

「四周被圍欄圍住了對吧？因為禁止進出。」

「嗯。」

「據說把情書供奉在那道圍欄的縫隙，就會修成正果喔。」

「啥？」

淺蔥瞟了倫一眼。

的確，大概是平常不太會有人經過的關係，設備室前面的圍欄上常會被塞垃圾之類。附近垃圾桶滿了的時候，似乎會有學生把沒地方丟的空罐往圍欄塞。某方面來說，圍欄本身就被當成垃圾場，感覺把情書夾到那種地方，戀愛才不會順遂。瞎扯也要有限度。

「唔哇～～……好假喔……」

「那好像真有其事耶。」

淺蔥投以懷疑的眼神，倫就一臉嚴肅地對她搖搖頭。

「妳想嘛，我們社團的二年級當中有個姓今井的學姊對吧。」

「啊……妳是說魔族研究會的那個學姊。」

「聽說她原本想在暑假結束時向足球社的小坂學長告白，用情書配上親手織的圍巾。」

「呃，在絃神島送親手織的圍巾……」

那不是跟整人沒兩樣嗎？淺蔥在心裡如此吐槽。畢竟絃神島的平均氣溫即使在隆冬也超過二十度。

「可是在告白前夕，她看見小坂學長和其他女生親密地走在一起，結果開不了口就把圍巾丟掉了，丟在剛才提到的圍欄。聽說是垃圾桶滿了裝不下，所以她就掛到圍欄上。」

「那就是亂丟垃圾嘛……」

「之後隔了一陣子，小坂學長突然主動來跟她告白，兩個人就開始交往了。」

「喔，是這樣啊。」

看來跟小坂走在一起的女生其實是他妹妹，常見的烏龍事。到頭來，圍巾有沒有意義依舊成謎。話雖如此，有情侶實際湊成對的案例，對於提高這種小儀式的可信度應該很有效。

「最近事情傳開以後，偷偷把情書綁在那片圍欄上的做法就流行起來了。」

倫一面調整泳衣的肩帶一面用認真的口吻說道。

「妳說綁上去，是像神籤那樣嗎？」

「對對對。然後據說妳的意中人就有滿高的機率會主動告白喔。這件事只有在女生間傳開卻還能靈驗，真不可思議。」

當然效果因人而異就是了——倫如此補充。當成吃健康食品嗎？淺蔥感到傻眼。

「那就是妳所謂的『傳說中的圍欄』？」

「就是這麼回事。淺蔥，妳要不要也試試看？」

倫使壞似的微笑並探頭看向淺蔥的臉。「哼。」淺蔥嗤之以鼻說：

「說笑的吧。為什麼我非得寫信給古城不可啊？」

「奇怪耶，淺蔥，我沒有任何一句話說到妳的意中人是曉啊～～」

倫帶著裝糊塗的表情反問回去，淺蔥就「唔」地語塞了。

「等、等一下喔。妳剛才說的今井學姊那件事，是發生在暑假剛結束的時候吧。才隔幾週不到嘛，是怎樣變成傳說的？」

「啊，這個喔，妳想嘛……因為那道圍欄是設在電力傳輸室前面，『傳輸』講著講著就變成『傳說』了。」

「這笑話冷到不行耶！」

淺蔥頹然無力地趴到自己彎起來的膝蓋上。倫則是嘻嘻笑著。

「害我白白認真聽妳說……哎，也沒差啦。反正我從最初就不吃迷信那一套。」

「淺蔥，妳的腦袋都轉不過來呢。虧妳還是『魔族特區』的居民。」

淺蔥對傻眼地搖頭的倫嘛起嘴。

「就因為我是『魔族特區』的居民啊。假如有人下了催眠系的咒術也就罷了，我才不信任那種沒有任何理論背書的結緣圍欄呢。」

口氣認真的淺蔥似乎有一半是說給自己聽的。剛測完時間的棚原夕步聽見淺蔥和倫談那些，就眼睛一亮介入兩人之間。

「怎樣怎樣，妳們在講什麼迷信？該不會是殺人人偶的事吧？」

「殺人人偶？」

突然冒出的聳動字眼讓淺蔥納悶似的蹙了眉。夕步則動手將濕掉的頭髮擰乾，還刻意擺出害怕的表情給她看。

「最近不是成為話題了嗎？說是島內接連有人失蹤。」

「電視上也有談到呢，還說專挑美女下手對吧。」

倫淡然地幫忙解說。夕步誇張地點點頭附和：

「對對對，像前陣子國中部的那個轉學生就很危險耶。」

「哦～～……」

淺蔥想起國中部的轉學生——姬柊雪菜的容貌，忍不住感到氣悶。有這麼一個轉學生莫名其妙地糾纏著古城，對淺蔥來說不悅到了極點，但撇開這一點還是不得不承認她的姿色。

「所以呢，那個綁架犯是人偶嗎？」

「據傳是發狂的機械人偶喔。她的臉燒爛了半邊，正在找用來換膚的漂亮臉皮。」

「變得像稀鬆平常的怪談了耶。」

淺蔥傻眼似的嘆了氣。機械人偶的啟動核有名為第一非殺傷原則的最優先指令燒錄在

內，就算人偶失控，也不可能犯下綁架或殺人這種勾當。當然，假如用的不是市面上的啟動核，而是所有零件都親手組裝的自制核心，那倒另當別論，可是能做出那種玩意兒的匠人，即使找遍全世界也沒有幾個才對。

即使如此，夕步仍認真地望著淺蔥的眼睛說：

「還有，據說在彩海學園的校內也有人目擊喔。說它每晚每夜徘徊於校舍，不知道是不是在尋找獵物。」

「哦～～」

蠢消息——如此心想的淺蔥聳了聳肩。

盛夏的豔陽照耀著她的臉頰，熱辣海風從緊貼濕淋淋的泳裝的肌膚輕拂而過。

3

在空無一人的放學後的教室，矢瀨基樹耳朵湊著手機。通話對象是任職於人工島管理公社，比他大十歲的同父異母的哥哥——幾磨。幾天前，曉古城曾被謎樣的機械人偶襲擊。從幾磨那裡捎來聯絡，說是查清楚襲擊者了。

「『人偶師』……？」

從哥哥口中聽到的襲擊者綽號讓矢瀨稍稍蹙眉。聽起來隱約有印象的名號。

「薩卡利・多島・安德雷多——國際通緝中的魔導罪犯，專精活體操作的魔法，對於融合人體與機械人偶有優異的才能。在迎合歐洲富豪的拍賣會上，這傢伙所製作的機械人偶似乎曾以一具數十億圓的價格被人標下來。」

「啊，我想起來了，之前在絃神島的偷渡客名單上看過。」

矢瀨口氣不悅地說。安德雷多身為罪犯的危險指數是A+——被預料大有可能在絃神島犯下殺人級罪行的極危險人物。政府應該也透過獅子王機關派出了專任搜查官。

「——然後呢，我只要把那位安德雷多大師找出來就行了嗎？」

矢瀨反問同父異母的哥哥。監視世界最強吸血鬼——「第四真祖」曉古城，是矢瀨的任務。假如「人偶師」是衝著古城來的，當然就不能坐視不管。要是安德雷多胡亂給予刺激，導致古城失控就頭痛了。

然而哥哥對於問題的答覆卻讓矢瀨感到意外。

「不，已經曉得『人偶師』的下落了。『空隙魔女』前天發現的，以屍首的形式。」

「屍首……？他被殺了？」

「恐怕是。」幾磨以公事公辦的語氣回答。「調查過現場狀況的結果，得出了殺害安德雷多的犯人應為機械人偶或人工生命體的結論，抑或兼具雙方特徵者。」

「機械人偶或人工生命體……？不可能吧，它們不是無法傷害人類嗎？」

「可以的，假如是安德雷多的作品。」

幾磨不留餘地似的短短說道。

「表示人偶師是被自己製造的人偶殺害了？」

不好笑耶——如此表示的矢瀨撇了嘴。是啊——幾磨冒出嘆氣的動靜。

「那具人偶的名字，似乎是叫史娃妮塔。」

「它怎麼樣了？」

「逃亡中。不……應該說是潛伏中吧。這陣子在市內接連發生的失蹤案件，公社研判其中有幾件跟史娃妮塔有關。」

「什麼……？」

矢瀨表情變得險惡。專挑美麗女性襲擊的人偶傳聞也有傳到矢瀨耳裡。正因為每個人都覺得是稀鬆平常的都市傳說，真有殺人人偶就棘手了。空口無憑的傳聞會讓人搞混，搞不清跟真正目擊情報之間有何區別。

「找出那傢伙就是你的工作。你那篇指出『人偶師』與第四真祖有接觸的報告，我已經讀過了。假如情報屬實，殺人人偶很有可能會再次出現於他們身邊。」

「原來如此……」

矢瀨煩悶地嘆了氣。他搞懂幾磨難得會協助提供情報的理由了。

「辦得到嗎，基樹？」

「無論行不行，你都打算逼我上吧。這樣的話從一開始就別問。」

「既然你明白自己的立場，那就好。」

幾磨的回應很是冷淡。矢瀨微微咂嘴，又心血來潮似的重新握起手機。

「大哥，我也要問你一件事。」

「怎麼樣？」

「跟殺人人偶扯上關係的連續失蹤案件的被害者，怎麼樣了？」

一瞬間，曾有短短的沉默。接著，幾磨用不帶感情的嗓音靜靜告訴他：

「——被吃了。和殺人人偶融合成一體。」

4

「啊啊……！」

回到家準備要洗澡的淺蔥在更衣間的洗衣機前面，因為自己做了傻事而抱著腦袋。她發現泳具收納袋忘在學校了。

袋子裡當然裝著濕掉的浴巾跟穿過的泳裝，而且最糟糕的是明天放假，隔週的週一預定還要再上游泳課。

「一整個週末都把東西留在置物櫃的話，實在不妙耶……不到學校拿回來不行吧。」

淺蔥當場消沉片刻以後，緩緩地抬起臉。週日的校舍沒開冷氣，密閉的教室裡，氣溫應該會輕鬆超過四十度。濕泳裝塞進不透氣的泳具收納袋裡，再擱到那種環境會有什麼結果，她不太敢想像。

淺蔥把回到房間後一度脫掉的制服穿回去，然後不甘不願地走向玄關。時間已經過晚上八點，窗外一片漆黑。

「淺蔥？妳要出門啊？」

在走廊碰見的繼母訝異地向淺蔥搭話。身為父親再婚對象的她還年輕。儘管感情並無不和，淺蔥至今對繼母仍有些芥蒂。她明白繼母是個好人，卻難免會擺出生硬的態度。

「我忘了東西，所以要到學校一趟。馬上就回來。」

為了不讓繼母太擔心，淺蔥和氣地微笑著這麼告訴她，然後不等對方回話就穿上鞋子走出家門。

淺蔥家位於人工島西區的高級住宅區，景觀良好，離車站及公車站牌卻很遠，稱不上交通方便。轉搭單軌列車抵達彩海學園時，時間已經接近九點。學園四周幾乎沒有行人，人工島特有的死板景色格外顯著。夜晚的校舍沒入於黑暗之中，相當陰森。

「哎，在這種時間果然都關上了。」

淺蔥望著緊閉的校門，微微嘆了氣。彩海學園這間學校算尋常無奇，但由於是「魔族特區」內的教育設施，入夜後便警備森嚴。關上的校門與周圍的圍牆高度無法讓人輕易跨越。

淺蔥只好繞到學校後頭，因為她曉得那裡有職員專用的便門。便門本身是厚實的特殊合金所製，不過將門關住的鎖卻是市面上的電子鎖。

「這種類型的鎖可以遙控吧。摩怪，麻煩你了。」

淺蔥賊賊微笑以後，朝愛用的智慧型手機喚了一聲。手機上顯示出來的是醜玩偶風格的圖示。

『小姐，妳真會使喚人耶。別找我合伙犯罪好嗎？』

管控絃神島的五座超級電腦的化身亂有人味地對她說。

「有什麼關係嘛，反正你閒著也是閒著。」

但淺蔥口氣輕鬆地拋下一句話，摩怪就無奈地照辦了。它應該是性能太強而沒有人能駕馭的人工智慧，不知為何卻對淺蔥特別聽話。

淺蔥啟動了出於興趣設計的駭客軟體，將便門的電子鎖解開，還順便竊據校內的保全系統。這樣就算在學校裡徘徊，也不用擔心會被保全公司發現。

「好啦，那我們走吧。」

淺蔥替自己打氣似的嘀咕以後，踏進陰暗的校園。

晚上路燈照不到校內，只能仰賴月光。彷彿身處與文明隔離的廢墟之中，心情十分不安。她是用智慧型手機代替手電筒，所以也沒辦法找摩怪講話。

「晚上的校舍實在好陰森。早知道這樣，就找古城來當保鑣了……」

淺蔥說著嘆了氣。和古城單獨溜進夜裡的教室——感覺會是相當吸引人的活動。即使校內氣氛有些陰森，當成結伴來試膽的話，反而令人心情雀躍。

不過很遺憾的，在終點等著回收的物品是她穿過的泳裝，當下總不能把古城叫來。緊張刺激的試膽活動會一舉蒙上變態感。

淺蔥換好室內鞋，走進無人的校舍。暗雖暗，仍是自己來慣的學校，沒什麼地方能迷路。她輕輕鬆鬆地抵達教室，站到要開的置物櫃前。

「好。東西回收。」

淺蔥從置物櫃拉出泳具收納袋，然後懶散地吐氣。只為了拿這點東西回家，白白花了她好多時間與體力。

趕快回家吧——淺蔥心想，無意間望向窗外。她想起了在游泳池聽倫提到的「傳說中的圍欄」。

「寫信嗎……」

淺蔥往旁邊看了古城的座位，嘴裡低聲咕噥起來。她和古城是從國中認識到現在的老交情，事到如今，有想法要表達給那個男的知道，根本不可能用寫信這種兜圈子的方式。話雖如此，「傳說中的圍欄」能讓男生主動告白的功效，坦白講很吸引人。

「哎，假如古城肯主動來告白，要我聽他的倒也可以啦。」

淺蔥走出教室，從距離最近的階梯下樓。

校舍中陰暗，有月光照耀的窗外就看得特別清楚。在校園花木對面，注滿水的泳池後頭，有內含電力設備的建築物。禁止出入的建築物四周設了感覺廉價的金屬圍欄。

「欸……咦！」

淺蔥發現有人影經過那道圍欄前面，便不自覺地停下腳步。

她還以為是看錯了，但並非如此。被黑暗籠罩的校舍後庭，嬌小的人影緩緩地橫越而過。疑似穿著黑禮服的美麗少女，潔白肌膚宛如人造之物，奇妙色澤的頭髮即使在昏暗中仍清晰醒目。左右對稱的人工姿色，莫名脫俗夢幻的光景。

「那種髮色……是人工生命體？為什麼會在這種時間……？」

淺蔥困惑歸困惑，還是用目光追尋少女的行蹤。她不由得想起白天聽到的另一項傳聞。專門挑美女下手的殺人人偶正潛伏在彩海學園——有這樣的都市傳說。

「棚原講的怪談，總不會是真的吧？怎麼可能……」

淺蔥一邊自問一邊搖頭。人工生命體少女在這段期間則停在建築物前的圍欄，把手伸向夾在那裡的紙。有淡粉紅色的信封被留在不起眼的圍欄一隅。

「……怎、怎麼回事？殺人人偶和『傳說中的圍欄』有什麼關聯……？」

淺蔥不免被勾起興趣，就忘記要躲藏，還把臉湊向走廊窗口。

霎時間，回收那封信的人工生命體將頭轉了過來。不具感情的藍色大眼睛有一瞬確實是在看淺蔥。

「糟糕……！」

和人工生命體少女目光相接的瞬間，淺蔥立刻躲起來了。

可是，為時已晚。人工生命體少女朝著淺蔥躲藏的校舍邁出步伐。她肯定是發現了淺蔥的存在。

於是淺蔥目睹了。

人工生命體少女抱在腦下的是奇妙的金屬裝備。尖而銳利，刃長約二十公分的銀色刀械，還有輪廓近似犢牛式步槍的道具。

「不、不會吧……！」

淺蔥不寒而慄，當場縮成一團，差點忘記的恐懼一舉復發。狀況完全出乎意料。為什麼她光是來拿忘記的東西就會遇到殺人人偶呢？

正因為淺蔥只把殺人人偶當成都市傳說，受到的震撼才大。她有些陷入恐慌，不知道該如何是好。

「摩、摩怪……！欸，糟糕……校舍內收不到訊號……！」

淺蔥發現手機畫面顯示沒有訊號，內心更加焦急。即使人稱「電子女帝」，淺蔥本身仍是普通的高中女生。和網路分隔開來，還要面對具有物理性殺傷力的殺人人偶，除了逃匿以外別無可為。

「她追過來了……？糟糕，再這樣下去……」

有人工生命體少女走進校舍的動靜。鐵門發出令人不快的嘎吱聲，響遍寂寥的建築物。下樓的階梯已經不能走了。走廊後頭有緊急逃生用的滑梯，但現在沒有時間做準備。

「要找地方躲著混過去才行……呃，有哪裡能躲……？」

淺蔥淚汪汪地看了四周。闖進視野的是女廁所入口。人工生命體少女的腳步聲正在接近，狀況已經不容她挑三揀四。

淺蔥衝進廁所。整排有四個隔間，當然全都空著。淺蔥毫不猶豫地進了最裡面那間，然

後她懷著祈禱的心情躲了起來。

「拜託不要發現我……直接走過去……」

她還沒嘀咕完，忽然間，女廁所入口的門被打開。

「……！」

淺蔥不禁屏住呼吸，心跳聲在耳邊響著，手腳不住顫抖。沒事的——她拚命告訴自己。淺蔥沒有留下任何躲在女廁所的證據，隔間的門也沒有上鎖。沒事的。她不可能被殺人人偶發現。

「……！」

敲隔間門的聲音傳到了淺蔥耳裡。

當然沒有人回應。人工生命體少女確認過這一點便把門打開。門被打開的是最靠近入口的那間。好像有少女探頭端詳裡面是否躲著人的動靜。

接著敲了第二間的門，第三間的門也是。敲門聲逐漸接近，淺蔥的心臟彷彿就要停止。第二間和第三間的門打開後，又被關上了。只剩淺蔥躲的第四間。少女的腳步聲停在門前，淺蔥已經怕得要死不活。

然而，在她以為會響起第四陣敲門聲的瞬間，人工生命體少女停下了動作。她在原地佇足了一會兒之後，忽然轉過身回走廊。淺蔥不明白發生了什麼事，只知道謎樣的人工生命體少女從她面前離去的這項事實。

「得、得救了……嗎……？」

淺蔥生硬地挪動僵掉的全身，設法站了起來。少女不見以後經過了三分鐘左右。感覺幾乎像永遠那麼長的三分鐘。

「要趁現在逃才可以……」

淺蔥哄著發抖的腿，悄悄離開隔間。可以的話，她希望就這樣一直躲在廁所，但她仍有足夠的理由判斷那樣很危險。

假如人工生命體少女又折回來，這次就無處可逃了。何況淺蔥已經讓校內的保全系統失靈，無論怎麼等，有人來救她的可能性都趨近於零。只有和殺人人偶錯身而過的這個瞬間，才是平安逃走的最後機會。

腿終於停止發抖了。沒事的——淺蔥又一次在嘴裡重複。她對運動神經還算有自信，就算對方是殺人人偶，只要逃出校舍應該就能設法甩掉。

好——淺蔥點點頭來到女廁外面。

霎時間，嬌小人影在淺蔥的視野裡出現。

無聲無息地佇立在該處的，是美麗的人工生命體少女。假裝離去的她正等著淺蔥出來。

沒有情緒的目光從極近距離朝淺蔥仰望而來。

「呀啊啊啊啊啊啊啊啊啊啊啊啊！」

淺蔥望著她的藍眼睛，這才發出了尖叫聲。

5

矢瀨察覺有異物闖進聲響結界（Soundscape），便將耳朵湊向愛用的耳機。

他是過度適應能力者（Hyper Adapter）——不依靠魔法或咒術的天生超能力者。矢瀨的能力可以自在操控聲音，雖然不適合直接跟人搏鬥，用於監視和情報收集方面卻極為契合。搜索殺人人偶的工作會交派給他，也是因為這樣的契合性得到了賞識。

絃神島的中心地段——名為基石之門的大樓樓頂上。矢瀨周圍並無人影，沒有任何人對他講話。然而，矢瀨正拚命豎起耳朵，想聆聽乘風傳來的細微聲音。

「這陣腳步聲是……？都這麼晚了，那傢伙為什麼會在學校？」

矢瀨嘀咕著的臉上浮現困惑。他用能力感應到的聲音，是藍羽淺蔥徘徊於彩海學園校舍的腳步聲。

在彩海學園四周設有被矢瀨取名為聲響結界的特殊結界。藉著事先記憶／解析該處發生

的雜音模式，範圍半徑達數公里的結界內有人入侵，其行動幾乎都會在他的掌握之中。原本這是用於監視「第四真祖」曉古城的結界，淺蔥卻好像莫名其妙地闖了進來。

「——呃，還不只淺蔥！這傢伙的心跳聲是怎樣！」

矢瀨捂著耳機站起身。

聲響結界捕捉到的，顯然不是正常生物的心跳。彷彿串聯了好幾顆心臟的異樣搏動聲，還有類似傳統時鐘的精密機械聲。吸收了好幾名人類，為人工生命體與機械人偶的融合體。它和淺蔥進了同一棟校舍。

「難道……是安德雷多的人偶？怎麼偏偏在這種時候……！」

矢瀨聽出了奇怪心跳聲的真面目，急得咬牙切齒。

史娃妮塔已經潛入彩海學園，而且淺蔥不知為何也在那裡。能想到的惡劣局面莫過於此。要是被殺人人偶襲擊，淺蔥身為一般人沒有手段能自保。

「可惡！不妙了，距離這麼遠……！」

矢瀨緊握手機咕噥。要從基石之門趕到彩海學園，就算完全解放他本身的能力也要相當久。話雖如此，沒空出動特區警備隊了。當他辦理麻煩的事務手續時，淺蔥鐵定會遇害。為了設法救她，得找個能比矢瀨更快趕到彩海學園，戰鬥能力又凌駕特區警備隊的人。

而矢瀨只知道一名吻合該條件的人物——

「唔……」

沒有時間猶豫了。矢瀨從手機通訊錄叫出好友的號碼撥過去。

6

「啊……」

淺蔥望著默默佇立的人工生命體少女，茫然地發出聲音。藍色頭髮與淡藍色眼睛；嬌小身軀穿著鑲滿荷葉邊的女僕裝。淺蔥認得她的臉，她曾在某處和對方碰過一瞬。

「妳是之前……和洛坦陵奇亞殲教師一起襲擊基石之門的……」

「我表示肯定。眷獸共生型人工生命試驗體，固有名稱『亞絲塔露蒂』，答覆完畢。」

藍髮少女用缺乏抑揚頓挫的嗓音回答。

洛坦陵奇亞正教的殲教師主導的基石之門襲擊案。那是在全球造成廣大話題的嚴重魔導犯罪事件。而且殲教師魯道夫・奧斯塔赫能破除基石之門的封印，就是用了寄生了人工眷獸的試作型人工生命體亞絲塔露蒂。

「為什麼……妳會埋伏在這裡……難道……」

淺蔥用畏懼的聲音發問。案發當天，人在基石之門的淺蔥曾是遭受波及的被害者。她也遇到了戰鬥中的亞絲塔露蒂。若有閃失，淺蔥可能當場就被她殺了。

因此，就算這個人工生命體少女又來襲擊淺蔥，她也不會感到不可思議。對方就是有輕鬆殺害淺蔥的能力。

然而，亞絲塔露蒂眼裡並沒有浮現對淺蔥的敵意或殺意。

相對的，她悄悄把右手握著的物體遞到淺蔥面前。

「請收下。」

「咦？」

淺蔥一頭霧水地接下對方遞來的東西。那是一副眼熟的蛙鏡。

「這該不會……是我的蛙鏡？」

「剛才掉在走廊上了，答覆完畢。」

「啊……」

被人工生命體少女提醒，淺蔥低頭看了自己的泳具收納袋。袋子的拉鍊開著，放進置物櫃時忘記拉上了。而她在逃避亞絲塔露蒂的途中，似乎將蛙鏡弄丟了。

為了把蛙鏡送還給淺蔥，亞絲塔露蒂才一直等在廁所前。

「提問。妳的身體狀況有什麼問題嗎？」

亞絲塔露蒂低頭看著腳軟站不起來的淺蔥問道。淺蔥露出無力的笑容，有些敷衍地搖搖頭。

「沒事啦。我只是在安心之後變得有點渙散。」

「……不慎造成驚嚇，我表示謝罪。先前襲擊基石之門之際，曾讓妳遭受危險，在此也一併謝罪。」

亞絲塔露蒂用機械性口吻說道。

然而，淺蔥坐在走廊上搖搖頭。

「啊，那沒關係啦。我了解。」

「妳說的了解，是指？」

亞絲塔露蒂納悶似的看向淺蔥。人工生命體少女似乎也對淺蔥的反應感到意外。

「妳只是受了命令吧。再說，那個人是叫奧斯塔赫吧……那位殲教師的說詞也不是無法理解啊。」

「我表示感謝。Miss——」

「藍羽。藍羽淺蔥。不提那些了，呃，亞絲塔露蒂？妳為什麼會在這種地方？」

從極度緊張獲得解放，淺蔥總算恢復到有餘裕抱持疑問了。

亞絲塔露蒂身為襲擊基石之門的正犯，人身自由應該是交給人工島管理公社嚴格管控。

淺蔥不明白這樣的她為什麼會出現在彩海學園。

「針對先前的破壞行為及隨之而來的眾多罪狀，這是我所受處分的一環。」

原本還以為亞絲塔露蒂會緘默，沒想到她爽快地給了答覆。

「妳說的處分，該不會也包括那套女僕裝？」

「我表示肯定。目前我在南宮攻魔官的保護管束之下。」

「南宮攻魔官是指那月美眉？」

原來如此……淺蔥莫名地心服。由身為國家攻魔官的那月擔任亞絲塔露蒂的監護人，算是合情合理，那麼亞絲塔露蒂現在穿的衣服也就可以理解了。

「我再次表示肯定。伴隨該項措施，目前，我正在代理南宮教官進行值夜保全工作。」

「代理……啊，這樣喔……」

簡單來說，就是那月把身為教職員的一部分工作硬推給亞絲塔露蒂了。基本上，亞絲塔露蒂是忠於職務的人工生命體，應該比那月更適合負責校內的保全工作。她看到淺蔥在校舍內會追過來，也是基於職業勤務的一環。

「那麼，妳剛才拿的凶器是？」

「凶器……指的是這個嗎？」

亞絲塔露蒂說著就指向擺在腳邊的行李。她那遠遠看去像刀子和犢牛式步槍的裝備，細

看才知道是稀鬆平常的園藝用品。

「鏟子和……澆水壺？」

「我正在執行花圃的移植作業，補充完畢。」

搞什麼嘛——淺蔥再次感到無力。把亞絲塔露蒂當成殺人人偶，完全是淺蔥冒失眼誤。這對亞絲塔露蒂來說反而很失禮，因為她只是默默在執行被交派的值夜工作。而且——

「啊……！那封信是……呃……」

淺蔥發現亞絲塔露蒂夾在圍裙的信封，忍不住叫出聲音。看起來顯然像情書的粉紅色信封。被人供奉在「傳說中的圍欄」的信。

「我推測是失物。夾在電力傳輸室圍欄的信都已經回收了。」

亞絲塔露蒂淡然回答，說明的內容正如淺蔥所目睹。

「那封信，妳打算怎麼辦？」

「因為收件人寫在上面，我會代為送達。」

「咦……那麼，該不會之前的信也都是妳幫忙送的？」

淺蔥有些愕然地反問了一句。倘若如此，之前供奉在「傳說中的圍欄」的那些情書也會照樣送達。

「我表示肯定。在日常生活中會經過那條路的人只有我，答覆完畢。因為在泳池後面的設備室內設了供人工生命體使用的調整槽。」

「今井學姊的圍巾也是……？」

「我表示肯定。我記得那位寄件人。」

「啊～～……是喔……原來是這麼回事……」

淺蔥像是忍不住而嘻嘻笑出聲音。

被塞在圍欄的情書送到了原本該收件的人手上，然後收到情書的人向寫信者提出交往的請求就沒什麼好奇怪了。那便是「傳說中的圍欄」據稱「供奉情書能讓意中人主動告白」的原理。

當然了，應該不是所有寫信的女生都能順順利利，反正大家只把這當成小儀式，就算得不到回應，她們也沒理由沮喪。簡而言之，「傳說中的圍欄」既非都市傳說，也不算小儀式，只是有亞絲塔露蒂居中擔任愛情邱比特罷了，就這麼回事。

「沒想到『傳說中的圍欄』，居然會是這麼令人無言的烏龍事……」

淺蔥在愣住的亞絲塔露蒂面前笑個不停。傳說的內幕被揭露，感覺是有些遺憾，不過淺蔥更覺得心裡海闊天空。畢竟亞絲塔露蒂又沒有任何惡意。實際上，也有人是靠她才得到了幸福。

淺蔥持續笑了一會兒，當她總算取回冷靜以後，忽然傳來手機來電聲。即使同樣在校舍內，這一帶似乎就收得到訊號。

「咦，這不是基樹的號碼嗎？怎樣啦，這麼晚打來——」

淺蔥確認了畫面上顯示的名字，然後按下通話鍵。從喇叭冒出來的，是矢瀨基樹焦急無比的說話聲。

『淺蔥，妳還好嗎！』

「咦？嗯，我沒事啊。怎麼了啦，聽你慌成這樣……？」

『有話之後再說。妳現在立刻離開那裡！』

矢瀨連理由都不講就口氣霸道地這麼說。淺蔥不禁氣悶地鼓起腮幫子問：

「要我離開那裡，是指哪裡啊？我啊，目前是在學校耶。」

『所以我才叫妳逃啊——！』

矢瀨口氣粗魯地對淺蔥下令。平時總讓人無法捉摸的他，鮮少會像這樣情緒畢露。

『妳也聽過殺人人偶的傳聞吧！那傢伙潛入彩海學園了啦！』

「喔，殺人人偶啊。剛才我恰好在跟她講話耶。」

淺蔥和焦急的青梅竹馬呈對比，口氣很開朗。在電話迴路的另一端傳來矢瀨無言以對的動靜。

『妳跟她講話？』

「對呀。要不要換人講電話？欸，亞絲塔露蒂，來一下好嗎？」

淺蔥對人工生命體少女喚道。趁現在把亞絲塔露蒂介紹給矢瀨認識，會讓他大吃一驚吧？淺蔥如此心想。但亞絲塔露蒂沒有回話。

她面無表情地呆立不動，就這樣凝望著走廊深處。

「……亞絲……塔露蒂？」

淺蔥不經意地循著她的視線回頭望去，然後就結凍似的停下動作。

陰暗的走廊深處站著另一具人偶。

氣質和亞絲塔露蒂有點像，嬌小的體型與人工姿色，髮色純白。

然而，和亞絲塔露蒂相像的部分只有一半，因為純白少女的右半身被燒得慘不忍睹。其樣貌正如棚原夕步所說的，都市傳說中的那具殺人人偶——

『找……到了……』

凝視著淺蔥她們的人偶嘴巴像裂開一大道一樣笑了。

埋藏著機械的左手臂改換型態，亮出濡血的開山刀。

7

淺蔥受到本能性的恐懼驅使，無意識地站起來。

揮舞開山刀的殺人人偶身上長著和蜘蛛相似的八條金屬腿，軀體則是具有彈性的半透明肉塊，令人無法不對她抱持生理性的厭惡感。

「什麼嘛……那傢伙……！」

淺蔥陣陣後退。代她上前的是亞絲塔露蒂。

「警告。我建議逃走，Miss藍羽——」

亞絲塔露蒂舉著金屬製澆水壺說道。

「叫我逃嗎？可是，妳呢……！」

「身為值夜代理人，我會抓住入侵者。」

人工生命體少女冷冷地回答。

殺人人偶聽見她的話，滿意似的揚起嘴角一笑。

「不可能啦！妳拿那樣的鏟子和澆水壺想怎麼用！」

淺蔥硬是將亞絲塔露蒂拉到身邊。

就在隨後，殺人人偶發動攻擊了。開山刀撕裂大氣揮了下來，將亞絲塔露蒂的澆水壺一刀兩斷。耀眼的火花在漆黑中閃過。開山刀威力驚人。

「我就說吧！來啦，我們快逃！」

淺蔥抓著亞絲塔露蒂的手臂，全力拔腿奔跑。幸好樓梯這次可以用。龐大身軀成了妨礙，八條腿的殺人人偶在校舍內行動遲鈍，要甩掉她應該並沒有多難。

「為什麼，Miss藍羽？妳應該沒有合理的理由要救我吧？」

亞絲塔露蒂被淺蔥牽著手，還用不解的口氣問道。

「就算妳這麼問，我也不曉得啦！」

「可是，我是人工生命體。」

「說什麼嘛。那才不構成要我拋下妳的理由吧！」

蠢斃了——淺蔥一瞬間回頭，並板起臉斷言。

沒空換鞋了。淺蔥穿著室內鞋跑到校舍外。

「我從幼稚園時就住在絃神島了。無論妳是人工生命體、魔女、獸人還是世界最強吸血鬼，完全無所謂。我就是想救妳才會救的！別小看在『魔族特區』長大的人！」

「Miss藍羽……妳……」

亞絲塔露蒂毫無情緒的眼睛有了一絲波動。

接著她蹦也似的把目光轉向頭上。幾乎同一時間，玻璃破裂聲響起。淺蔥忍不住倒抽一口氣。殺人人偶站在垂直的校舍外牆。她運用和蜘蛛相似的八條腿，爬在混凝土牆上。

「那、那樣太犯規了啦——！」

殺人人偶無視於淺蔥抗議的聲音，朝她們接近而來。忽略地形的過人敏捷度。只見她跟淺蔥她們的距離逐漸拉近。

亞絲塔露蒂硬是甩開淺蔥的手，停下腳步。接著她將目光轉向逼近的殺人人偶。

「亞絲塔露蒂——！」

「我明白了，南宮教官為何要帶保護管束中的我來彩海學園。因為在這裡，有像妳這樣的學生。」

「咦……？」

亞絲塔露蒂的人工美貌並沒有浮現任何表情，可是她看淺蔥的眼神好像感覺得到心滿意足的光彩。

「Miss藍羽。我也想救妳——執行吧，『薔薇的指尖』。」

亞絲塔露蒂背後張開了透明清澈的光之翼。那對翅膀化成巨大手臂，面對面迎擊殺人人偶。校舍牆壁隨驚人的衝擊凹陷下去，殺人人偶被震飛了。

淺蔥茫然望著那一幕。

「摩怪！那是什麼！怎麼回事啊……！」

『哦～～……看來是眷獸。她在基石之門的事件中也用過吧？』

摩怪透過手機喇叭回答她的疑問。

「那我曉得啦！為什麼她是人工生命體，卻可以用眷獸！」

『怎麼，妳沒有看事件留下的資料嗎？那位人工生命體小姐，體內被人移植了眷獸啊，人工的。』

「是嗎……原來，她說的眷獸共生型試驗體是這麼回事……」

淺蔥無助地嘀咕一句。眷獸是來自異界的召喚獸，濃密得足以具現成形的魔力聚合體。其戰鬥力是壓倒性的，然而為了將不安定的魔力繫留於現實世界，召喚出來的眷獸會以駭人的速度消耗宿主的壽命。因此，據說眷獸只有不老不死的吸血鬼才能使喚。

亞絲塔露蒂則是讓這樣的眷獸寄生在人工生命體的脆弱身軀。她是驚人技術的產物，同時也是寶貴的範本。

『對啊。可是，看來不妙了。』

摩怪透過校內的監視攝影機觀察戰況，還用不負責任的口氣這麼說道。

召喚出眷獸的亞絲塔露蒂跟殺人人偶勢均力敵。這也表示即使靠眷獸的力量，還是無法打倒殺人人偶。

『對方不只了解人工眷獸的性能，更打算抓住人工生命體小姐……看起來，那就是為此創造的人偶。照這樣下去，那位人工生命體小姐會被吞噬。』

「被吞噬？意思是遭到融合嗎……？」

淺蔥的表情僵掉了。殺人人偶靠不定型肉體鑽過眷獸的攻勢，對亞絲塔露蒂死纏爛打。那樣的動作跟有意捕食獵物的凶猛食蟲植物十分相似。

『大概嘍。那具人偶從一開始就是打著那種主意來彩海學園的吧。』

「……她休想！摩怪，拜託你！幫助我們！」

淺蔥握緊智慧型手機說道。

『我何嘗不想幫忙呢，可是這附近並沒有連接網路的機械耶。』

摩怪冷靜地點破這一點。雖然號稱掌管絃神島全土的超級電腦，但摩怪純粹只是人工智慧，它並沒有被賦予直接的戰鬥能力。就算要駭入電子機器竊據掌控權，學校裡也不可能有足以對抗殺人人偶的強大兵器。然而淺蔥卻自信地微笑著回嘴：

「你以為這裡是什麼地方？『傳說中的圍欄』就在眼前喔。」

『……啥？』

突然間，淺蔥談起了莫名其妙的都市傳說，使得絃神島最頂尖的人工智慧有些不知所措地沉默了。

8

亞絲塔露蒂的人工眷獸身上刻有神格振動波的驅動術式。那是從獅子王機關的七式突擊降魔機槍解析得來的極為高等的魔法結構。它能將魔力完全反射，藉此發揮可說對魔法攻擊無敵的防禦力。

然而，殺人人偶的真面目是不具魔力的人工生命體與機械人偶的融合體，亞絲塔露蒂用眷獸攻擊，對她效果不大。何況殺人人偶似乎還內藏特殊的裝置，能讓亞絲塔露蒂的眷獸無力化。這具發狂的人偶恐怕是只為捕捉亞絲塔露蒂才製造出來的異形道具。

「找到了……終於找到妳了，試驗體（亞絲塔露蒂）——」

殺人人偶的人造眼球浮現了猶如偏執的邪惡感情。

「融合……我要跟妳融合。然後將妳得到的『永恆』，變成我的……」

殺人人偶用齒輪摩擦般的刺耳噪音不停地喊著。她接連不斷的攻擊逐漸壓倒了亞絲塔露蒂。妨礙眷獸具現化的特殊電磁波正在侵蝕「薔薇的指尖」。戰鬥再拖下去，亞絲塔露蒂必敗無疑。

即使如此，亞絲塔露蒂仍感到放心。殺人人偶的目標並非藍羽淺蔥，而是自己。她心想就算自己被殺，只要藍羽淺蔥能平安逃走就好了——

正因為這樣，自己身後傳來淺蔥的呼喚聲，使得人工生命體少女為之驚愕。

「亞絲塔露蒂！用這個！」

淺蔥用手推車運來的東西是被密封的瓦楞紙箱。箱子裡裝的，是用來消毒泳池的氯錠。亞絲塔露蒂接住送來的手推車，茫然地望了淺蔥。

她不明白淺蔥為什麼要折回來。憑她的戰鬥能力，擊退殺人人偶的可能性是零，這就像專程回來受死。區區泳池用的消毒劑，當然不可能對殺人人偶造成傷害。即使透過化學反應製造出氯氣，在通風良好的戶外，濃度也不可能足以導致中毒。

不過，殺人人偶同樣感到困惑了。

淺蔥的行動太有勇無謀，應該連她也無法理解。於是趁她停下動作的期間，淺蔥就用認真的語氣對亞絲塔露蒂呼喊：

「扔過去！朝她身上！」

「……命令領受。」

亞絲塔露蒂的眷獸用巨大手臂抓起瓦楞紙箱，然後朝殺人人偶扔過去。

瓦楞紙箱裡塞的消毒劑含量約為二十公斤。砸的速度夠快，應該能造成相當的衝擊。可

是，設計成戰鬥用的殺人人偶卻從容地打落飛來的紙箱。開山刀以厚實刀刃斬斷紙箱，白色顆粒稀里嘩啦地從破掉的袋子迸出來。

「……殺菌／消毒用的固態氯錠……主成分推測為次氯酸鈣……」

被粉末灑得滿頭的殺人人偶解析過成分，便納悶似的嘀咕。那是在學校現場會大量使用的消毒劑，原本就不算危險性高的藥品。雖然吸入或誤飲對人類有害，但是讓人工生命體或機械人偶短時間接觸並沒有什麼作用。

「——再來一次！」

配合淺蔥喊的聲音，亞絲塔露蒂扔出第二箱。殺人人偶連那都不迎擊了。她用金屬製的腿踹開紙箱，飛濺的藥劑將她全身染成白色。

「無法理解，故要求說明。妳為何要採取這種非合理的行動——？」

殺人人偶用瞧不起的冷冷嗓音問了淺蔥。

「不說明妳就不懂嗎？」

淺蔥稍稍喘著氣，還耀武揚威似的笑了出來。手推車上只剩用塑膠桶裝的淡鮮黃色液體——用於維修人工生命體的調整槽培養液，並不是什麼危險的東西。把那帶來學校裡的不是別人，正是亞絲塔露蒂本人。

「人工生命體的培養液，主成分是醫藥或化妝品會用到的乙二醇醚吧。它本身算是常見

的藥品，但是跟泳池消毒劑——次氯酸鈣混在一起會怎麼樣，妳曉得嗎？」

「——！」

淺蔥還沒說明完，亞絲塔露蒂就接下裝培養液的塑膠桶。人型眷獸的巨大手臂輕易抓起桶子，並舉到頭頂。

「掌握危險性。予以排除——」

殺人人偶察覺淺蔥她們的企圖，便採取行動打算攻擊亞絲塔露蒂。不過，淺蔥還是比她快。淺蔥朝塞在制服胸前的智慧型手機大喊：

「摩怪，拜託你！」

手機用充斥視野的耀眼閃光代替回應。

學校周圍所有設施的燈光同時亮了。校舍的電燈、街燈、操場及泳池的夜間照明。那實在耀眼過頭，讓淺蔥眼花了一瞬。然而，提高感光度以利夜晚行動的殺人人偶受到的影響比淺蔥更嚴重。

視野遭到剝奪，殺人人偶行動受阻，人型眷獸朝她扔出的塑膠桶便狠狠地砸中。大量培養液從破損的容器潑了出來。

「啊啊啊啊啊啊啊啊啊啊啊——！」

被橙紅色光芒籠罩的殺人人偶厲聲哀號。

消毒劑與培養液產生爆發性反應，冒出了高熱。化學反應造成的橘色火焰燒蝕著殺人人偶的活體組織，使得埋藏於全身的機械失靈。

不過相較於肉體方面的傷害，恐懼讓她受了更多折磨。

在過去，她或許也有遭到高熱攻擊而受創的經驗。那種恐懼似乎刺激到殺人人偶，讓她逃走了。

亞絲塔露蒂靜靜杵在原地，目送她離去。

製造殺人人偶的人，恐怕與調整亞絲塔露蒂的技師是同一人物。要不然，殺人人偶身上不可能會安裝讓眷獸無效化的裝置。

一絲絲偶然，分隔了亞絲塔露蒂與她的命運。只要稍有差錯，或許亞絲塔露蒂也已經走上跟那具邪門殺人人偶相同的末路。或者說，亞絲塔露蒂會在那之前先耗盡壽命，亦有可能在今晚被那具殺人人偶吞噬。

改變其命運的人是「第四真祖」曉古城，以及獅子王機關派來監視他的劍巫。還有──

「得、得救了……」

藍羽淺蔥精疲力竭似的癱倒在地。

亞絲塔露蒂面無表情地望著淺蔥，靜靜地對她致意。

那是無法表露情緒的人工生命體少女用了全副心神所表達的感謝。

9

『——古城，你還沒到嗎！』

難得驚慌失措的矢瀨在電話迴路的另一端大呼小叫。曉古城帶著生厭的表情嘆氣，然後把騎來的腳踏車靠到牆邊。

「跟你說過，我剛到學校。從便門進去就行了吧。」

古城用懶洋洋的口氣說完以後，走進彩海學園之中。

淺蔥離家出走了——從矢瀨那邊接到這樣的聯絡是大約十五分鐘前的事。事情為什麼會鬧成這樣？古城姑且試著問過，矢瀨卻只會一直重複：「不好了，淺蔥或許會被殺！」說明起來完全不得要領。話雖如此，古城總不能無視，就只好過來接淺蔥了。

古城擅自出門，負責監視的雪菜應該正大發雷霆，但現在擔心這些也不是辦法。

「總之，找到淺蔥以後我會再聯絡。」

古城這麼說完就掛了電話。根據矢瀨給的情報，淺蔥似乎在泳池後頭。為什麼他連這些細節都曉得？儘管古城半信半疑，卻在前往泳池後頭的途中突然板起臉。他發現掉在地上的泳具收納袋了。

袋子提手上附的掛飾，用羅馬拼音寫了淺蔥的名字。而且穿過的濕泳裝從拉鍊縫隙掉了出來。

「這是啥？淺蔥的泳裝……嗎？」

撿起泳具收納袋的古城蹙眉。說起來，淺蔥的性格就像男生一樣大而化之，但再怎麼離譜，感覺也不至於把自己的泳裝甩在這種地方，想成捲入了某種嚴重的麻煩才比較自然。

「到底是怎麼搞的啊？」

在古城困惑地發出嘀咕的同時，耀眼閃光照亮了天空。間隔片刻，還傳來感覺不像人類的異樣哀號。

照亮天空的猛烈火勢，源頭似乎是泳池後頭的受變電設備。古城確認過這一點，便拔腿跑去。

不久，抵達泳池後頭的古城看到了淺蔥恍神似的坐在地上的模樣。

「淺蔥！」

「……啊，古城，你跑來這種地方做什麼啊？」

淺蔥和大受動搖的古城呈對比，還用悠哉的口氣反問他。

淺蔥的四周有碎玻璃與混凝土碎片散落一地，附近校舍的外牆上留著無數像被挖開的傷痕，幾乎可以確定她就是捲入了危險的戰鬥。然而，淺蔥卻平靜得不可思議。

「問我做什麼……呃，這是我要講的台詞。是矢瀨拜託我過來找妳的啦。」

「基樹叫你來的？是喔……」

古城傻眼似的回話，淺蔥則仰望著他，事不關己似的嘀咕一句。古城越感混亂地搖頭。

「妳不要只顧自己懂，快點說明啦。這是怎麼回事？」

「說來話長……出了一些狀況。我還被殺人人偶襲擊。」

「殺、殺人人偶？」

古城瞠目結舌。他也知道出沒於絃神島的殺人人偶傳聞。古城的妹妹最愛八卦，細心地為他講解過。當然，他並沒有把那種都市傳說當一回事，卻也不覺得淺蔥會亂說謊。實際上，彩海學園的校舍就被鮮明地刻下了襲擊的形跡。

「我想那月美眉也快要到嘍。現在亞絲塔露蒂已經去幫忙叫人了。」

「咦……？」

從淺蔥口中冒出意外的名字，讓古城更加困惑。淺蔥怎麼會認識亞絲塔露蒂？他再怎麼想還是想不通。

「……哎，算啦，反正妳好像也沒有受傷。這個拿去，妳掉的東西。」

獨自尋思的古城覺得膩了，就把撿來的泳具收納袋遞到淺蔥面前。一瞬間，淺蔥嚇傻似的睜大眼睛，還發出高八度的尖叫。

「啊啊啊！你怎麼會把我的泳裝緊緊抓在手裡！」

「我才沒有緊抓在手裡！是妳自己搞丟的吧！」

「總、總之你趕快還我啦，真是的！」

淺蔥幾乎是連扯帶搶地把泳具收納袋要回去。泳裝被看到沒什麼大不了的吧？古城是這麼想，但對她來說好像並非如此。

「唉～～……實在好慘，連內褲都滲得溼答答的……」

耳朵都紅透了的淺蔥沮喪地嘆氣。「唔。」古城望著她那模樣，低聲驚呼。

「濕答答……呃，淺蔥，妳……」

「咦？」

淺蔥察覺古城疑惑的視線，就看向自己腳邊。

淺蔥的制服裙子已經濕成一片。用裝著培養液的塑膠桶砸殺人人偶時，她被濺出來的溶液沾到了。可是，古城當然不知道那些事。淡黃色液體積在淺蔥腳邊，在地面形成小小的水窪，看起來倒像是淺蔥嚇得腿軟就當場失禁了。

「啊……錯、錯了！你想錯了喔！」

「是、是喔……」

「這、這才不是我尿的，呃，是培養液啦！」

淺蔥察覺到古城有誤會，便拉高嗓門拚命辯解。

然而，古城用前所未見的溫柔微笑對她說：

「對、對啦。抱歉，不要緊的。」

「什麼不要緊！」

「我知道妳遇見了很恐怖的事，所以我不會跟任何人說的。」

「就、就跟你說不是了吧——！懷疑的話，你自己聞聞看啊！」

被逼急的淺蔥奮然起身，還用雙手撩起裙子湊向古城。要解開這場致命的誤會，她也奮不顧身了。

「呃，我實在沒有那種喜好啦。」

古城卻露出關懷的臉色搖頭。某方面來說，這算符合常識的反應——

「囉嗦！你聞就對了！」

在正好趕過來的亞絲塔露蒂與那月面前，淺蔥逼近古城的怒罵聲響起。

事情發生在深夜的彩海學園，「傳說中的圍欄」前面。

To Be Continued...

「曇花一現的歌聲」

「我被邀去唱歌了。」

放學後的校門前。一如往常等著古城的雪菜帶著嚴肅的表情這麼告訴他。據說雪菜接下來要跟同學去唱卡拉ＯＫ。

「在監視學長的任務中擅離職守，我很內疚。不過凪沙也會一起去，而且不知道為什麼我好像被認為是音樂愛好者。」

「要說的話，妳總是帶著吉他盒走動，大家就會那樣想啊。」

「是的。因此為了掩飾身分，我今天打算赴約去唱歌。」

「我是無所謂啦，不過妳行嗎？姬柊，妳平時都沒有在聽音樂吧？」

反而會引起懷疑不是嗎？古城這麼一問，雪菜就莫名有自信地露出微笑。

「沒問題。因為在獅子王機關的手冊裡也記載了這種情況的應對方式。」

「是、是喔……獅子王機關真厲害耶。」

古城坦然地感到佩服，然後目送雪菜去卡拉ＯＫ。

† †

「哎呀～～……雪菜好猛喔。」

當天晚上。從卡拉ＯＫ回來的曉凪沙口氣興奮地向古城報告。

「沒想到雪菜居然是硬派的重金屬樂手，從高速甩頭到死腔吶喊都嚇到我了。」

「重、重金屬樂手？死腔……？」

「想邀雪菜加入樂團的女生很遺憾就是了，說是音樂性不同。」

「是、是喔……獅子王機關真厲害耶。」

沒想到居然是用那種方式蒙混過去。古城嘆息以後，對認真照手冊操作的雪菜同情地垂下視線。

第四話
永恆的終結
-Puppeteer In The Mists-

1

黎明前的雨像是沒下過一樣，天空十分晴朗。白天的太陽燦爛地照耀著沿海岸奔馳的單軌列車車身。

「唉～～……好睏……」

曉古城靠在鋁製車輛的門邊，懶洋洋地嘀咕。

繞行市內的單軌列車正要駛入組成絃神島的四座巨大漂浮物之一——人工島西區。時尚餐廳與名牌店鋪座落成排，絃神島最大的商業地區。或許是心理作用，搭單軌列車前往那裡的乘客們也以打扮亮麗的年輕人居多。

「可惡，這座島的天氣未免從早上就好過頭了吧……想曬死我嗎……」

然而，古城將平時那件了無新意的連帽衣的兜帽深深戴到眼前，怨恨地瞪著從車窗照進來的陽光。

「哎唷，古城哥，振作點嘛。你又不是吸血鬼。」

穿制服的凪沙一臉傻眼地望著古城，還對他搖了頭。她打趣般說出來的話讓古城心驚地

繃緊臉孔。古城陰錯陽差地得到「世界最強吸血鬼」之力一事，是萬萬不能被親妹妹凪沙知道的祕密。患有魔族恐懼症的凪沙要是得知有這回事，恐怕會非常痛苦。

「我想你窩在家裡也閒著沒事，才特地帶你來的耶。在無聊的星期天，可以跟這麼可愛的女生們一起出門，你要多多感謝啊。」

古城回望亂賣人情還很得意的妹妹，便無奈地嘆息。

「可愛的女生們……呃，原來妳也算在裡面喔？哎，隨便啦。」

「對不起，學長，讓你陪我出來買東西。」

姬柊雪菜聽見他們倆的互動，就用客氣的口吻這麼說道。

雪菜也一樣，明明放假卻還穿著制服。她揹在背後的是愛用的黑色吉他盒，只不過裡面放的不是吉他，而是連吸血鬼真祖都能誅滅的破魔之槍——被稱作七式突擊降魔機槍的獅子王機關祕藏兵器。別看雪菜這樣，她可是日本政府派來監視古城的人員。

「不會啦，那沒什麼大不了的。再說只有凪沙帶路，我也會擔心。雖然她應該是不會被零食拐了就跟著不認識的大人走。」

古城語氣敷衍地說。雪菜還不熟紘神島的環境，對一般常識也有點生疏。替雪菜領路的差事交給凪沙一個人，古城也覺得不安。

「又來了，動不動就把人家當小朋友！要擔心的話，你應該擔心我會不會被搭訕，或者被星探挖去演藝圈嘛！」

而凪沙看似不服，就橫眉豎目地提出反駁。是是是，妳說得對——古城隨口把妹妹的抗議應付過去。

「對了，妳今天預定買什麼？」

「我想買便服。高神之杜是完全住宿制，所以我幾乎沒有外出的衣服。」

「啊……難怪妳今天也穿制服。」

古城理解似的嘀咕。雪菜來到絃神島差不多過了半個月，但聽她這麼一說，古城幾乎沒有看她穿便服的印象。

「好期待喔。雪菜要挑衣服的話，我覺得再怎麼時髦都會合適耶。」

凪沙帶著莫名有勁的表情說。看來她滿心想趁這個機會當雪菜的時尚顧問。實際上，古城很能體會凪沙想說這些的心境。雪菜長相清秀得有如偶像明星，確實是值得打扮的材料。

然而，最關鍵的雪菜本人對於挑衣服卻好像不太有自信。

「我姑且查過最近的流行就是了。」

雪菜說著就從吉他盒口袋拿出一本全新的雜誌。雜誌上到處貼滿便條，看得出雪菜下工夫研究的痕跡。

古城佩服似的微微挑眉說：

「哦。能不能讓我看看？」

「好的。我在考慮這一區的款式。」

雪菜說著指了白底配粉紅色鑲邊的健身服。噢——古城發出感嘆的聲音。

「路迪達的新款啊。那套不錯，感覺輕巧又方便活動。」

「是的。而且質料有抗UV機能，韌性和快乾性似乎也很出色。」

雪菜得到古城認同，就開心地繼續說明。

「這家的運動緊身褲也挺棒的喔。我之前穿的是上一款，不過膝蓋和腰部的負擔輕了很多，舒適自在。」

「這樣啊。那我也會試穿看看，因為我也有點好奇。」

「等……等一下，你們說的路迪達新款……那是運動服吧？」

凪沙打斷聊得熱絡的雪菜和古城，看似不安地問。雪菜愣愣地偏過頭說：

「……咦？」

「『咦』什麼啊？我們不是來買外出服的嗎？為什麼只有運動服一種選擇？時髦的衣服呢？」

「所以啦，她不是在挑外出用的運動服嗎？這夠拉風了吧？」

古城看似不解地確認。對原本是籃球社社員的古城來說，提到外出服當然就是運動服。

對於這方面，雪菜似乎也有同樣的觀念——

「不不不不不，再拉風也只是運動服啊！穿來運動的嘛。在這個社會上，還有更普遍時髦的便服耶！你們兩個的思維都太偏體育社團了啦……早知道就不找古城哥，應該叫淺蔥來的……」

凪沙抱頭誇張地感嘆。本身的時尚眼光遭到全盤否定，古城愁苦似的歪了嘴說：

「……淺蔥穿的那些衣服也算不上普通吧。」

「總之我既然一起來了，就要讓雪菜穿到可愛的便服。古城哥，你也想看雪菜打扮成時髦的樣子吧。」

「呃，不會啦，姬柊的衣服哪有什麼好看——」

凪沙不由分說的氣勢讓古城不慎將心裡的想法說溜嘴，霎時間，雪菜繃緊了嘴角。

「是嗎……我的衣服……『哪有什麼』……好看是嗎？這樣啊？」

學長明明就說過我可愛——雪菜在嘴裡這麼嘀咕，開始散發冷冷的氣息。打從心裡感到寒意的古城便連忙搖頭說：

「啊～～……對、對喔。難得有這個機會，我也想看姬柊穿運動服和制服以外的服裝……吧。」

「就是嘛。沒錯沒錯。」

凪沙說著就天真無邪地瞇起眼睛。

隨後，古城等人搭的單軌列車開始減速。抵達下一個停車的站點了。映於車窗上的是雄偉的購物中心建築物，從樓頂垂下來的布簾上有「清倉大拍賣」的字樣在飛揚。看著顧客擠來擠去的車站月台，可以曉得凪沙的心情越來越雀躍。雪菜帶著緊張的表情咬起嘴脣。

「走吧，雪菜！還有古城哥！」

單軌列車的門開啟，凪沙就率先衝到月台上。

古城追在她背後並深深嘆息。看來今天逛街的行程會相當累人。

2

在狹窄令人窒息的隧道中迴盪著無數槍響。

埋設於絃神島地下的巨大排水溝。四周被厚實混泥土包圍的密閉空間裡，布有身穿防彈防護服的武裝警備員部隊。他們裝備了對付魔族的特殊武器。特區警備隊的攻堅部隊。

和他們交戰的敵人是有著純白頭髮的詭異人偶。

兼具機械人偶之精緻以及人工生命體之嫵媚，美麗的活體人偶。但她的右半身已被燒爛，腰部以下更是酷似蜘蛛的八腿怪物。在紘神島不分目標地展開殺戮的殺人人偶——外號「人偶師」的魔導罪犯所造出的怪物。

特區警備隊查清了怪物的藏身處，對其發動奇襲，是短短幾分鐘前的事。殺人人偶就只有一具。相對的，攻堅部隊投入了超過四十名的武裝警備員。

然而，單方面蹂躪敵人的卻是異形殺人人偶。

設在地下通道的鋼絲纏住警備員們全身，當他們變得無法動彈，殺人人偶便以利刃收割。為了防備特區警備隊襲擊，殺人人偶已經在排水溝內設了無數陷阱。她就像蜘蛛在收割落網的獵物，陸續將那些警備員無力化。

「目標在哪裡……？快回答！來個人……！回答我！」

有一名被逼到絕境的警備員朝著聲音中斷的無線電怒喊。

而他的腳踝忽然被絲線纏上。細得無法用肉眼看見的傀儡絲。然而其材質堅韌，即使用刀也沒辦法輕易切斷。

當他把注意力轉向那些絲線以後，異形人偶隨即出現在眼前。

警備員還來不及反應，人偶的攻擊就襲向他了。近似尖槍的金屬腿輕易貫穿防彈防護服，把他的身軀釘到背後的牆上。

警備員拿了衝鋒槍胡亂開火，發射的子彈卻被富彈性的不定型軀體擋下，沒辦法觸及人偶本體。

「可惡，妳這妖怪……！」

警備員用沾滿血的嘴巴咒罵，並拔掉了手榴彈的插栓。手榴彈滾到通道炸開，人偶被爆壓震開了。警備員終於從人偶的腿獲得解放，拖著身軀倒下。

「——我表示否定。我並非妖怪。」

殺人人偶身體嘎吱作響，又站了起來。儘管在近距離被手榴彈炸到，對她的機能似乎並未造成大礙。她將纏上全身的火焰甩掉，還用毫無情緒的嗓音告訴對方：

「我是薩卡利‧安德雷多大人製作的活體人偶——個體名稱『史娃妮塔』。存在意義為『永遠』保持美麗活下去，縱使擁有我的人類已經亡故——」

史娃妮塔踩響金屬腿動了起來。她打算直接往地上移動。仍倒地不起的警備員察覺這一點，就用槍指向史娃妮塔背後。

「慢著……妳站住……」

「命令拒絕。」

面對警備員拚死命的警告，史娃妮塔頭也不回地淡然給了答覆。

就在那一瞬間，警備員的視野搖晃了。

被史娃妮塔用腿貫穿時，精氣已從他的肉體被剝奪殆盡。他並無剩餘的體力能阻止殺人人偶。

與他人融合，並奪取其生命力。這正是史娃妮塔被賦予的新能力。一度遭「人偶師」捨棄，被新型人工生命體「娜塔納耶爾」吞噬以後，使她得到了這種力量。如今史娃妮塔甚至可以靠著吸納他人的生命力來增幅魔力。

但是光這樣還不夠。史娃妮塔對此有自覺。為了達成她的目的，需要更強的力量。

「活體組織耗損率百分之二十八。武裝運作率百分之三十九。殘彈數兩百五十八——推測以目前的戰鬥能力難以捕捉試驗體『亞絲塔露蒂』。必須強化能力。」

史娃妮塔爬行於陰暗的排水溝，如此複誦。

吞噬她——被第四真祖賦予使用其無窮魔力的權利，獨一無二的人工生命體亞絲塔露蒂，然後取得「永恆」的生命。這就是史娃妮塔的目的。連主人安德雷多都殺掉的她沒有其他的存在意義。

於是，在黑暗中徘徊的她忽然發現。

和她記憶裡一致的魔力來源就在附近。

就史娃妮塔所知，那是最為強大的魔力持有者，與她追求的「永恆」無比接近的存在。

假如能奪取其中一部分，這次她應該就可以得到強過亞絲塔露蒂的力量。不，連捕捉亞絲塔露蒂都不必了，透過與「他」融合，她本身就能成為「永恆」。

巧的是「他」的所在處就在史娃妮塔利用來「狩獵人類」的建築物附近。「他」自己踏進史娃妮塔的地盤了。沒理由錯過這個好機會。

「選擇戰術項目C9。執行吧，執行吧，執行吧，執行吧——」

史娃妮塔的背部大幅裂開，從中出現的無數副臂宛如翅膀張開了。

寒霧開始像凝霜一樣包圍她的四周。

那是她用來代替絲線的魔力觸媒。邪惡的純白之暗喚醒了沉睡的傀儡們。

3

「這裡就是Lydian絃神啊……」

雪菜站在購物商場入口，茫然地望著店內。

Lydian絃神是建於人工島西區郊外的大型商業設施，總店鋪數目為三百三十六間。被玻璃巨蛋罩著的商場內有各種餐飲店及小賣店，醫院與美髮廳、家電量販店等商家簇擁雲集，壯觀的樣貌宛如一座城鎮。

「好、好大……」

雪菜朝擠滿顧客的通道望了一圈，然後畏縮似的嘀咕。

之前雪菜生活的地方是在獅子王機關管理下與世隔絕的培育設施。對這樣的她來說，這座前衛氣派的購物商場大概就像異世界的景象，看了會覺得不安也是難免。

「還好啦……像這種人多的地方，我也不是很喜歡……」

古城語氣無助地回話。他同樣怕人潮，光想到自己要在這種吵鬧的店裡沒完沒了地陪女生買東西，他就覺得疲勞感都上來了。

另一方面，凪沙依舊很有活力。為了鼓舞興致突然變低落的古城他們，她邁出雀躍的步伐說：

「這年頭的購物商場會這樣很正常啊。要買年輕人的衣服，這裡最便宜，品項又多。換成西區的泰迪絲廣場就有點貴，基石之門則是高貴過頭，根本不用考慮。」

「怎樣都好，趕快買一買了事吧。我到那附近休息。」

古城不負責任地這麼說完，指向通道旁邊的長椅。

凪沙看古城那樣，就粗魯地拽了他的手臂。

「不行啦，古城哥要負責提行李！好好跟著我們，別走丟了！」

「真的假的……可以的話，我不想靠近賣女裝的專櫃耶……」

「好啦，不要這麼說。假如有衣服想看我或是雪菜穿，我們會讓你點名啊。」

「免了，我才沒那種需求。挑衣服這種事，姬柊也想自己來吧。聽她本人的意願啦。」

「唔～～……是這樣嗎……」

古城的態度意外冷淡，讓凪沙氣悶地鼓起腮幫子。被凪沙牽著走的雪菜則發現了什麼，突然停下腳步。

「啊……」

「怎麼了？有哪件衣服不錯嗎？」

古城看雪菜露出驚訝之色，便用納悶的口氣問。

雪菜則是眼睛閃閃發亮地點點頭說：

「是的。這裡有限定發售的貓又又T恤……！我以為已經買不到了！」

「唔……」

古城注意到她看著的那件T恤，臉色就沉了下來。

生活用品雜貨店面所擺的亮粉紅色T恤上斗大地印著一臉蠢樣的吉祥物，即使用含蓄的方式形容，還是得說很土。

不過，雪菜好像非常中意那樣的造型。

「古城哥……你覺得交給雪菜的品味真的沒問題嗎？」

凪沙帶著不安的表情問道。古城從以前就隱約有這種感覺，或許雪菜的審美觀跟一般人

多少有點落差。

「也對……或許還是監視一下比較好。這也是為了姬柊著想。」

古城無助而洩氣地這麼說。

就在隨後，傳來了人們「呀～～」的尖叫聲。

4

騷動發生在購物商場中央的室內廣場。以聚在臨時舞台的群眾為中心，掀起了聲浪般的叫聲與歡呼。

「怎、怎麼搞的？」

古城從通道扶手探出身子，朝廣場一窺究竟。

有個穿詭異布偶裝的男子站在舞台上。橡膠頭套的外觀仿造鯊魚，右手形似螯蝦的大螯，左手為花枝的觸手。恐怕是以海鮮類為藍本設計出來的合成獸(Chimera)怪物。

聽命於鯊魚男的部下是一群全身穿緊身衣、套著骸骨面罩的戰鬥員。局面則是他們挾持女主持人當人質，占據了舞台。

『呼哈哈哈哈哈，不要動！這座廣場被我們征服了！』

鯊魚男搶走女主持人的麥克風宣布。噢噢——舞台觀眾聽了，便誇張地鼓譟起來。

『抵抗也沒用。假如有人敢違抗我們，小心這女的沒命！』

鯊魚男用大螯抵向故意放聲尖叫的女主持人。演得起勁的戰鬥員們還跳下舞台，四處威脅觀眾。

「真是……我還想怎麼會鬧哄哄的……」

一瞬間，古城曾嚇得認真提高警覺，然後就氣餒地趴到扶手上。原來是購物商場舉辦的舞台表演活動。

聚集在廣場的觀眾約有兩三百人，大部分都是帶著小孩的全家福。雖然也有幼兒怕得哭了出來，然而那些觀眾未嘗認為廣場真的被占據了。所有人都明白這不過是演戲。

除了一名待在古城身邊的少女以外——

「那是……新種的未登錄魔族？恐怖攻擊嗎！」

「咦？」

古城發現雪菜認真叫出聲音，臉就繃住了。雪菜擱下背後的吉他盒，已經準備好隨時都能衝過去。她似乎不是鬧著玩的，完全誤會活動的工作人員是真的恐怖分子了。

「他們居然……把小孩子當人質……！」

雪菜看見被邀到舞台上的年幼小朋友，眼神變得更加銳利。古城連忙抓住打算趕去救人的她。

「等等，姬柊！妳冷靜點！」

「現在是冷靜的時候嗎！學長，趕快聯絡特區警備隊——！」

「好了啦，不是妳想的那樣。他們只是在表演，演英雄秀。」

「英雄……秀？所以說，那是在演戲嗎？」

古城拚命勸說，雪菜愣愣地眨了眨眼睛。她語帶困惑地指了在台上哭叫的幼小少年。

「哎，與其說在演戲，不如說是邀觀眾同樂的表演節目……大致上就是那樣啦。」

「表演節目……」

儘管態度半信半疑，雪菜總算是放下了戒心。要說有人質被劫持，舞台前的觀眾都缺乏緊張感，保全人員也沒有採取行動的跡象。雪菜大概還是能理解當下並沒有危機逼近。

在古城他們扯東扯西地浪費體力這段期間，活動已經有了新的進展。因應小朋友們的呼喚，舞台上出現了新的表演者。

眼神迷迷糊糊，外型像黃色烏龜的布偶裝演員。可愛歸可愛，給人的印象倒沒有多強。設定上似乎姑且會釋出電擊，身體上還畫了讓人聯想到手機電量顯示的記號。

「哇，是假面兔兔的塔爾塔爾加！」

凪沙發出驚呼。那是什麼——古城露出納悶的臉色反問。

「……塔爾塔爾加？」

「電視上演的特攝劇吉祥物啊，魔法少女假面兔兔。平凡的國中女生三月堂有朱，會變身成魔法少女跟妖精塔爾塔爾加搭檔出擊，和政治正確帝國為了征服世界而派出的寄生獸戰鬥。在小朋友之間很受歡迎喔。」

哦——古城意興闌珊地應聲，望著觀眾席的反應。熱情地看節目看得入迷的人，確實是以小朋友為主。看魔法少女和怪人在舞台上表演而忽喜忽憂的模樣，在在令人覺得既純真又可愛。

可是，卻有一群人擠開那些小朋友，不長眼地占據了舞台最前排。各自拿著昂貴相機，給人感覺髒兮兮的一群男子。

「要說受小朋友歡迎，高年齡層粉絲倒是挺多的耶。所謂的特攝迷嗎？」

「啊～～……你看嘛，那些人都是衝著她才來的。」

凪沙對古城的嘀咕做出答覆。這場秀的主角恰好就在這時候出現了。

鑲荷葉邊的迷你裙，配上強調胸口的露肚臍緊身裝扮。面具舞會(Masquerade)風格的面具遮住了臉，頭上還長著大大的兔耳朵。扮相讓人搞不清楚到底是兔女郎或偶像歌手的變身女主角。

「……那是魔法少女？」

「沒錯。假面兔兔的跟蹤狂型態。主角在執著與嫉妒心覺醒後所得到的新強化型態。」

「哦……跟蹤狂……」

古城聽著妹妹亂詳細的解說，無心地瞟向雪菜。雪菜察覺到視線，就顯得有些不爽地回望古城問：

「為什麼要看我呢？」

「沒事……總覺得這個角色遊走於尺度邊緣耶，各方面都讓人覺得擦線……」

在兒童節目推出這樣的內容行嗎？古城忍不住如此自言自語。

實際上，以兔女郎為範本的魔法少女裝就暴露得令人擔心。背與肩膀都裸露在外，盡會強調胸口。裙襬簡直短得傷風敗俗，大腿白得炫目。

儘管服裝如此大膽，假面兔兔的動作戲碼卻意外講究。她靠著強悍的腿法與華麗身手，將邪惡組織的戰鬥員們一個接一個宰掉。難怪特攝迷們會興奮，連對英雄節目不太感興趣的古城都不禁被她的動作迷住了。

「——學長，你看得相當起勁呢。」

雪菜用缺乏抑揚頓挫的語氣怪罪似的對盯著舞台的古城說道。凪沙也露出有些意外的表情說：

「真的耶。古城哥，你喜歡那種節目啊？」

「沒那回事啦。我只是在想，魔法少女要怎麼打肉搏戰。還有，妳們看，感覺還冒出了一點霧。」

「學長是說……霧嗎？」

聽古城一說，雪菜她們也跟著看向廣場深處。有一絲不知從哪裡冒出來的霧氣開始瀰漫在廣場上。雖然從店內無法確定，購物商場周圍好像已經被濃霧包圍了。

「怎麼搞的？並不是舞台在放煙霧吧？」

凪沙偏頭說道。對此好奇的古城也看了舞台四周。

可是英雄秀並未用到煙霧，購物商場也沒有發生火災的跡象。好像真的只是普通的霧。

「算啦。重要的是趕快買好東西。我會在那邊站著看書等妳們。」

「古城哥，就說你也要一起來才行嘛！」

古城想趁亂跑去書籍賣場，凪沙連忙將他逮住。就在隨後，環顧四周的雪菜將目光停在一間服飾店說：

「那……那該不會是夢幻的黑色貓又又緊身褲！」

「雪、雪菜……」

凪沙制止著魔似的蹣跚踏步的雪菜，並露出不知所措的表情。而在她們的腳邊也開始蒙上一絲白色的霧氣。

5

她們來雜嘆息地望著瀰漫血腥味的地下通道。身穿豪華禮服的嬌小女性，以及像侍女一樣隨侍在旁的人工生命體少女——南宮那月和亞絲塔露蒂。

「追丟目標了嗎？狀況真慘。」

那月望著留在通道內的破壞痕跡，看似不耐煩地蹙眉。

通道牆上開了無數彈孔，地面積著鮮血。那是名為史娃妮塔的殺人人偶與特區警備隊交戰過的痕跡，負傷的特區警備隊隊員已經由那月用空間移轉魔法送醫了。憑「魔族特區」的醫療技術，喪命的可能性是不高，但他們要康復應該仍需相當長的時間。而這段期間，特區警備隊戰力下滑將在所難免。

更大的問題在於，特區警備隊付出了這麼大的犧牲，卻還是沒有抓到史娃妮塔。再放著史娃妮塔不管，在一般民眾之間恐怕也會出現新的犧牲者。為了維持本身的活體組織，她會吞噬別人的精氣。

原本應該要立刻追捕史娃妮塔才對，然而，特區警備隊躊躇於追蹤她是有理由的。理由之一，是史娃妮塔在地下通道內設了無數的「絲」當陷阱；另一個理由則是原因不明的濃霧突然籠罩了四周。

既然不曉得那陣濃霧的底細，特區警備隊也認為過於危險，無法投入新的部隊。正因如此，他們才委託身為魔女的那月來調查。

「亞絲塔露蒂，弄清楚了嗎？」

那月回頭問藍色頭髮的少女。穿女僕裝的人工生命體拿著野餐籃，裡面裝的是攜帶型環境檢測器。不只可以檢驗空氣中的濕度與汙染物，還能驗出殘留魔力的特製品。

「未含對人體有害的成分。推測原因為溫度急遽下降導致的水蒸氣飽和。」

亞絲塔露蒂讀取過螢幕顯示的訊息後，一如往常地淡然告知。

「溫度急遽下降是嗎……似乎並不是單純的自然現象呢。」

「我表示肯定。紀錄中指出，薩卡利・安德雷多製作的機械人偶，在使用體內所裝的魔具之際，曾發生同樣的現象。」

「原來如此。奪取空氣中的熱能，就得到了讓魔具運作的能量嗎？視魔具種類，要辦到這種事確實並非不可能——」

哼——那月不悅似的瞇起眼睛。

活體人偶史娃妮塔是在人造的肉體中裝了機械人偶的零件，可稱為人工生命體版本的生

化機械人。在她體內所藏的很有可能不只刀械或槍械，還裝了某種魔具。

原本大概是預定由主人「人偶師」供給魔力來運作，如今她吸收了大量精氣，要獨自啟動魔具恐怕也非難事。

「活體人偶『史娃妮塔』所裝載的魔具詳情不明。不過，根據人工島管理公社提供的情報，顯示她有可能使用了『傀儡創造（Make Golem）』。」

「『傀儡創造』……？難道說，人偶正在操控人偶？」

那月聽完亞絲塔露蒂說明，傻眼似的吐了氣。

「『傀儡創造』是將暫時性的生命注入雕像，再隨意進行操控的物質操作系魔法。由於含有物質轉換的鍊金術成分，以魔法而言難度居高，但是這種術式除了在戰鬥中跟人硬拚以外，幾乎沒有其他用途。強行驅動應當不會動的雕像必須消耗大量魔力，也無法要求它處理複雜的命令。

「品味正如風聞的一樣惡劣呢，薩卡利・安德雷多這名男子……不過，最關鍵的傀儡，史娃妮塔是打算從哪裡張羅？」

那月帶著納悶的表情嘀咕了一句。魔法「傀儡創造」所能操控的物體僅限於輪廓接近人型的人造物——有這樣的限制存在。如今主人「人偶師」已死，史娃妮塔想必準備不出那種東西。

「警告。前方有無法識別的移動物體正在接近。距離約四百公尺。總數八十。」

那月尚未得出疑問的解答，亞絲塔露蒂就開口報告了。

從黑暗中傳來規律得有如自動化工廠機械的腳步聲。籠罩地下通道的濃霧中，隱約可知有詭異的形影在蠢動。

「妳說……八十具……？」

成群傀儡多得足以蓋滿視野，就連那月也為之皺起臉。失去主人的史娃妮塔究竟是怎麼弄來這麼大量的雕像——？

目睹傀儡現身的那一瞬間，那月便得到答案。史娃妮塔為何要挑這座地下通道當藏身處？如此的疑問也有了解答——

「是嗎，史娃妮塔……這就是妳的目的……！」

那月的細語被傀儡們殺來的粗魯腳步聲蓋過了。

遭到不具色彩的雕像洪流吞沒之後，兩人嬌小的身形立刻變得不見蹤影。

猶如成群兵蟻的傀儡大軍披著邪門的濃霧，朝地上循序漸進。位於她們頭上的是座落在人工島西區的大型商業設施——

名為Lydian紘神的購物商場。

6

「古城哥，你看你看，這件怎麼樣？還可以跟雪菜搭配成對耶。」

凪沙在鏡子前擺出模特兒風格的姿勢，對古城問道。她攤在腰前的是單寧料子的短褲。

「我想還不錯啦。感覺有點短就是了。」

「這種長度算普通的啊。唔～～還有這款的顏色也不錯。好煩惱喔。」

凪沙說著就在店裡頭轉起圈子。古城一臉傻眼地望著親妹妹問：

「……話說，怎麼是妳在煩惱啊？我們不是來買姬柊的便服嗎？」

「哎，是這樣沒錯啦，不過難得遇到清倉大拍賣嘛。啊，雪菜，妳試穿完了嗎？」

「嗯。穿起來大概像這樣……如何呢？」

換好衣服的雪菜拉開試衣間的布簾，並且探出臉。或許是衣服穿不慣的關係，她的表情顯得有些不安。話雖如此，由於有凪沙出意見，就沒有什麼不自然的地方。古城帶著不關心的態度瞥了雪菜全身一眼說：

「我想還不錯啦。怎樣都好。」

「怎樣都好……？」

雪菜氣悶地鼓起腮幫子瞪古城。古城感覺到她散發的不悅氣場，就反射性地搖頭說：

「呃……沒錯啊，姬柊，我的意思是妳穿什麼都合適，嗯。」

「是喔。」

「啊，對了。像這一件怎麼樣？我覺得跟那個吉他盒很配……妳想嘛，平時妳都隨身帶著那個到處走。」

「原來如此……那倒也是。」

雪菜望著古城挑的襯衫，心服似的點了頭。黑底配紅色格紋，款式具樂團少女風格的襯衫。

不過店裡展示的商品，胸圍顯然比雪菜的尺寸來得大。雪菜不習慣上街購物，儘管表現得緊張兮兮，還是叫住附近的店員。

「不、不好意思，請、請問這件有沒有其他尺寸？」

「啊，有的。這一款，我馬上幫您準備。」

年輕女店員和氣地回答以後，走向店裡的倉庫。雪菜放心地捂了捂胸口，然後回到更衣間換衣服。

就在隨後，凪沙臉色莫名不安地拽了古城的連帽衣。

「欸，古城哥……這陣霧，感覺是不是怪怪的？」

「嗯？哎，確實滿稀奇的就是了，大白天居然起霧，明明天氣又不差。」

「不是的。不是那樣……我總覺得，從剛才就好像有人在看我們……」

話說到一半，凪沙突然「哇」地叫出聲音，還貼到古城身邊。

「凪、凪沙？」

「剛、剛才你看見了嗎？霧裡面，好像有東西在動！」

指了窗外的凪沙在古城耳邊大呼小叫。她用畏懼的目光望著通往立體停車場的連通道。

「妳說有東西在動……呃，那是當然的吧，就算起霧還是會有行人啊。」

「就跟你說不是那樣！有像無臉怪一樣的女人光溜溜地用噁心的動作爬在窗外——！」

「有光溜溜的女人……爬在窗外？不過這裡是二樓吧？」

古城困惑地反問一句。基於購物商場的構造，窗外是垂直角度的牆壁。起碼那並不是活生生的人類能到處爬的高度。

然而，彷彿在佐證凪沙不安地哇哇叫的說法，從不遠處傳來了新的尖叫聲。那跟凪沙模糊的恐懼感不同，是人類真的被逼急時的尖叫聲。

「怎麼搞的……？」

「是、是剛才那個店員的聲音……！」

凪沙望著店裡倉庫的方向，聲音為之發抖。

在這段期間，店員仍持續尖叫，還響起了好像有什麼在大鬧的聲音。裝箱堆著的貨物倒塌，有防火門被打破的動靜——

「來人啊！誰來救救我——！」

古城聽見店員含糊的叫聲，不自覺地衝了出去。他踹開寫著「員工專用」的門，然後衝進陰暗的倉庫。

在那裡，古城目睹了倒下的女店員，還有正在襲擊她的赤裸雕像。那是用來展示商品的服飾人偶。原本擺在倉庫的人偶自己動起來攻擊店員了。

「模特兒人偶在動……？」

有些難以置信的異樣光景，讓古城混亂得杵在原地。

襲擊店員的人偶生硬地轉頭看了古城。用白色合成樹脂塑形的女性雕像，外國人風格的臉孔輪廓深邃，以及強調出女性體態的人工身材。在任何服飾店都尋常可見的人偶，看不出有安裝動力或活動的機關。

「凪沙看見的無臉怪，就是這些傢伙嗎……！」

古城一頭霧水地衝向人偶。與其思考模特兒人偶為何會動，他認為應該先救被攻擊的店員。

可是霎時間，凪沙又發出尖叫了。嚇得睜大眼睛的她目光是對著古城的頭上。

「古、古城哥——！」

「啥！」

從頭上掉下來另一具模特兒人偶，古城驚險避開。人偶守在鋼筋外露的倉庫天花板上，等著古城接近。邪惡而狡猾的陷阱，感覺不像單純人偶想出來的。

掉下來的衝擊讓人偶軀體出現裂痕，左手手腕以下的部位都撞飛了。然而人偶對本身的損傷不顯在意，還打算直接攻擊古城。

「唔喔！」

人偶用左手腕的銳利切斷面朝古城的面門捅過來。人偶的攻擊不具殺意。大概是關節數量有限的關係，動作也跟人類有區別。多虧如此，攻擊的動作難以預料。行動緩慢卻不好應付的對手。

即使如此，古城仍設法閃過了敵人的攻擊，順勢轉守為攻。他鼓足力氣，揍向人偶在攻擊完以後防備空虛的軀體。

「唔……！」

然而，傳到古城拳頭上的只有動手捶在塑膠塊所得到的不快衝擊。人偶連身體都不保護就摔倒在地上，卻沒有受傷的跡象。接著，它若無其事地吱吱嘎嘎動起四肢站起身。反而是古城開扁的那隻手在叫痛。

「混帳東西，好硬……這傢伙果然是貨真價實的人偶嗎！」

古城甩著麻掉的右手並咂嘴。

而古城的腳踝忽然被某人伸過來的手抓住了。原本在攻擊女店員的人偶，不知不覺中已經摸到古城腳邊。

「這傢伙——！」

另一具人偶朝失去平衡的古城奮力纏上來。受到兩具人偶夾攻，古城倒向牆腳。樹脂做的冰冷手指陷入古城的喉嚨。人偶打算直接用驚人握力將古城的氣管捏爛。

「學長！」

一瞬間，差點昏厥的古城靠著雪菜的清脆呼喚聲保住了意識。人偶的腦袋撒落樹脂碎片，無力地往後仰。

雪菜察覺狀況有異趕來以後，拿了倉庫的衣架支柱痛毆人偶。面無表情的臉龜裂碎散，人偶的脖子斷了，原本掐住古城脖子的指頭這才鬆開。

古城沒有錯過機會，抓住背後的人偶手臂。他用過肩摔的訣竅舉起對方，並且順勢將其砸向另一具人偶。

「姬柊，那個借我用！」

「是，學長！」

古城從雪菜手中接過衣架的支柱。不愧是業務用品，支架的材質是牢固的不鏽鋼。

「看妳們還怎麼作怪——！」

古城用那根支柱朝交纏倒在地上的兩具人偶插下去。支柱漂亮地穿透兩具人偶，將她們直接釘在地上。

人偶們像瀕死的昆蟲一樣手腳抽搐，不久便用盡力氣，慢慢停下動作。

「這些傢伙到底是什麼玩意兒……」

古城確認兩具人偶都停住以後就癱坐在地上。

雪菜趕到倒下的女店員身邊，開始照料她的狀況。女店員並無明顯外傷，但呼吸薄弱，臉色相當糟糕。看來並不是單純恐懼導致的症狀。

「妳還好嗎……！請慢慢把氣吐出來！鎮定一點……！」

「姬柊？店員小姐的傷勢很嚴重嗎……？」

「不，只有輕微的撞傷和擦傷。可是，她的身體非常衰弱。」

「衰弱……」

「恐怕是被吸走了大量的精氣。」

「精氣被吸……呃，被人偶吸的嗎？」

雪菜仰望反問的古城，然後搖了搖頭。

「有施術者在某個地方操縱人偶。說不定，對方跟這陣濃霧也不是毫無關係——」

「……霧？」

古城環顧四周以後才驚覺，霧在不知不覺中變濃了。

購物商場的通道已經被蒙蔽大部分的視野，連古城等人所在的店內都有染成白茫的空氣在流動。

「古城哥……！」

凪沙害怕地出聲叫了困惑的古城。臉色發青的她望著購物商場的電梯大廳。

「凪沙？怎麼了嗎？」

「那、那邊……」

凪沙發著抖用手指出的地方，有模特兒人偶攀附在牆上。還不是一兩具而已，其數目超過數百具以上——

那些人偶大多穿著華麗的流行服飾。購物商場內展示的所有人偶都自己動了起來，變成害人的怪物在霧中蠢動。

「開玩笑的吧……」

當著嘶聲驚嘆的古城眼前，大批人偶同時展開活動。

顧客們受到從霧中出現的成群人偶攻擊，發出尖叫。那樣的尖叫聲形成連鎖，在購物商場逐漸迴盪。不到幾十秒，恐慌便爆發開來。古城等人手足無措，茫然地望著陷入大混亂的群眾。

7

古城等人旁邊傳出了玻璃碎裂的聲音。有幾具動起來的人偶闖到古城他們所在的服飾店。展示商品的衣架陸續被推倒，待在店裡的幾名顧客伴隨著尖叫聲逃竄。

「這些傢伙到底是什麼！人偶怎麼會自己動起來……！」

古城舉起店內打掃用的拖把，看似苦悶地嘀咕了一句。要稱作武器雖不可靠，總比徒手扁人偶來得像樣一點。

「那是『傀儡創造』。賦予雕像暫時性的生命，供施術者隨意操控的魔法——我想，這陣霧就是用於散播魔法的媒介物。」

雪菜對疑惑的古城低聲細語。

「魔法？那種伎倆對這種人偶也有效嗎？」

「理論上是可行的。不過，要同時操控這麼大量的傀儡，人類施術者不可能辦到。腦與神經會無法承受從傀儡傳回來的反饋。」

「妳說……對方不是人類，那麼，到底會是誰……？」

古城心亂如麻地反問。人偶們受到操控，表示有使用魔法的施術者躲在某處。可是，他不懂是什麼人為了何種目的要做出這樣的事情。假如對方不是人類，那就更不用說了。

「我不清楚。不過，施術者的目的大概是──」

雪菜含糊地搖頭，就要脫口說出什麼。然而她的話還沒說完，待在古城他們背後的凪沙就發出尖叫。從濃霧中現身的新人偶朝凪沙撲過來了。

「呀啊啊啊啊啊啊啊啊！」

「凪沙……！」

古城急忙趕向凪沙身邊，但人偶動作迅速。對方揪住凪沙的制服衣襬，打算直接把她拖進霧裡頭。

這樣下去會追丟凪沙，當古城感到恐懼時，不停尖叫的凪沙旁邊出現了新的人影。頭部生著角、體格高大的人。

「喝啊──！」

伴隨野獸般的咆吼，壯漢將人偶的軀體打得粉碎。常人不可能擁有的荒謬破壞力。單論

物理方面的臂力，那個人遙遙凌駕在身為吸血鬼的古城之上。

「沒事吧，小妹妹？」

男子粗聲問道。凪沙光是用蒼白臉蛋點頭就費盡心力。儘管凪沙身為「魔族特區」的居民，卻患有魔族恐懼症。就算對方是救了自己的恩人，她也無法抹去銘記在潛意識的恐懼。

「……你是獸人？」

古城代替瑟瑟發抖的妹妹問了對方。男子大方地點頭示意。幸好他對凪沙的態度似乎並沒有特別介意。或許他以為凪沙的恐懼並不是針對自己，而是被人偶襲擊的刺激所致。

「畢竟事態緊急。在這種情況下獸化也怪不得我吧。」

「是啊。謝謝你幫了大忙。」

古城對豪爽笑著的男子投以感謝之語。

從男子的口氣聽來，他應該是擁有紘神島市民權的登錄魔族。他和古城等人一樣，只是以顧客的身分來購物商場，然後就捲入事件了。

就算號稱「魔族特區」，原則上仍禁止魔族不經允許就在市區動用特殊能力。話雖如此，正如他所言，狀況明顯應視為例外。如今身邊有具備頑強肉體的獸人種反而值得信賴。

「凪沙，妳站得起來嗎？」

「可、可以……我沒事。」

凪沙借助雪菜的手勉強站了起來。儘管那一幕令古城放心，他仍感到焦急。包圍店裡的人偶數量正慢慢增加，簡直像被古城等人的存在吸引過來一樣——

「這究竟是怎麼搞的啊！人偶越來越多了嘛！總之，我們逃吧。先盡量往霧比較稀薄的——唔喔！」

「大叔——！」

濃霧中冒出的成群人偶從獸人男子背後撲了上來。

同時被六具人偶糾纏，即使靠獸人的臂力也不可能甩掉，更何況這些人偶還具有碰觸對方奪取生命力的恐怖特殊能力。獸人男子一瞬間被吸走大量精氣，當場屈膝跪下。

古城為了支援男子而揮下的拖把還沒讓一具人偶無力化就先折斷了。有道嬌小身影從愕然的古城身旁衝出。

雪菜朝痛苦跪地的獸人胸口出了掌。

「撼鳴吧！」

雪菜使出的強烈掌勁穿過了獸人男子的身體，精確地只粉碎他背後的人偶。她讓聚成的咒力滲入人偶體內，使其從內部炸開。

受到店內充斥的濃霧阻礙，從凪沙那裡看不見雪菜的行動。即使看見了，凪沙應該也不明白雪菜做了什麼。

「中了……那些傢伙的招……可惡！」

獸人男子將剩下的人偶甩開並且起身。儘管他消耗甚鉅，但似乎還不至於無法活動。雖說有雪菜相助，那仍是拜獸人獨有的頑強肉體所賜。

然而古城和雪菜起意救了他，以結果而言，目光就從凪沙身上移開了一瞬。就在隨後，另一群人偶湧進了店裡。

「古、古城哥——！」

「凪沙！」

人偶們發動猛攻，導致古城等人和凪沙分隔開來。

千鈞一髮之際，獸人男子從人偶們手中救了怕得無法動彈的凪沙。氣虛的他擠出最後餘力將人偶們衝散，為凪沙拓出生路。所幸他們前往的樓梯側通道上人偶並不多。

「凪沙，妳快逃！我們也會立刻趕去！」

「好……好的……」

凪沙幾乎陷於恍神狀態，就機械性地對古城的命令起了反應。附近的其他顧客彷彿在催促，凪沙便沿著通往樓頂的階梯開始往上爬。

先保住凪沙的安全以後，古城等人也就從容一些了。

雪菜從背後的吉他盒拔出全金屬製的銀槍。

正式名稱為七式突擊降魔機槍，由獅子王機關賦予「雪霞狼」之名的祕藏兵器。不過在這陣濃霧之中，雪菜應該是認為無須擔心被其他顧客目擊。

「學長，這裡交給我——！」

「不好意思，拜託妳了！」

雪菜尚未聽古城回話就手持銀槍一閃而過。被劈中的那些人偶陸續停止活動。雪菜的槍具有破魔之力，令人偶們的動力來源「傀儡創造」失去了魔法效果。

然而成群人偶不具感情，對雪菜的反擊不會感到畏懼。新的人偶跨過被雪菜打倒的同伴，接二連三出現。光靠「雪霞狼」之力要拚贏，敵人的數量實在太多了。面對洶湧而來的樹脂人偶大軍，古城等人逐漸被逼到絕境。

「這些傢伙是怎樣？搞出這種事究竟有什麼目的……！」

古城對人們逃竄的尖叫聲感到焦慮，並咬牙切齒。濃霧使他無法得知精確的狀況。然而，包圍店的人偶明顯變多了。人偶們就像受了吸引，開始在古城的四周群聚。

「果然，這些人偶是針對學長來的——！」

雪菜一邊舞槍一邊咬了嘴脣。她所說的話讓古城也跟著篤定，操控成群人偶的「傀儡創造」施術者——傀儡師的目標是古城。

倘若如此，也就能理解人偶為何會被賦予從逮到的獵物身上奪取生命力的能力。對方想奪取第四真祖擁有的龐大魔力之源——可說是無窮無盡的「負之生命力」。那就是敵人的目的。古城被捲入這起事件並非出於偶然。

「這樣耗下去會沒完沒了。姬柊，到外面——！」

「是！」

古城他們趁著人偶包圍網變得薄弱的一瞬間空檔，衝到了店的外頭。將好幾座商場接在一起的高架連通道。

或許是有空氣從外流入的關係，相較於商場內的其他地方，霧氣略薄。古城感覺到近似殺意的強烈視線，便警覺地抬起臉。

「那傢伙是……！」

有一具人偶攀在購物商場中央的玻璃天花板上。下半身具有樣似蜘蛛的八條腿，純白色頭髮的人偶。

「史娃妮塔……！」

雪菜認出她的身影，發出嘀咕。大概是那句嘀咕傳到對方耳中，純白頭髮的人偶當場露出令人毛骨悚然的妖媚微笑。

史娃妮塔好似在操控看不見的絲，彎起了右手的手指。

新一批人偶就如湧泉般，從濃霧之中落在古城他們的頭頂。

「唔喔喔喔喔喔喔喔喔喔喔喔！」

古城被猶如濁流的成群人偶沖走，從通道跌落。史娃妮塔絲毫不眨眼，默默地望著古城被吞入濃霧之中。

8

「……好痛！」

背部重摔在地面，讓古城發出了痛苦的叫聲。

不過，從購物商場二樓摔下來的傷勢倒是不大。理應落在他頭頂的人偶們也不見蹤影。

在視野有限的濃霧中，古城帶著困惑的表情睜開眼睛。映於眼簾的，是用冷冷表情低頭望著自己的黑髮嬌小身影。

「你想在那種地方睡到什麼時候？」

「……那月美眉？」

古城一邊揉著撞到的後腦杓，一邊訝異地撐起上半身。他所在的位置，是購物商場內距離墜落地點稍有距離的中央廣場。擅使空間操控魔法的那月，似乎在古城差點被人偶壓扁時用空間移轉救了他。

猛一看，古城背後還有人偶們墜落以後摔碎的大量殘骸。萬一古城淪為她們的肉墊，就身受重傷而陷於無法行動的狀態了。縱使吸血鬼是不死之身，要從被壓死的狀態復活，也會需要相當時間。

「這樣啊。原來是那月美眉救了我……」

「要道謝就對我的助手說。發現你被那些人偶推落的是亞絲塔露蒂。還有，別用美眉稱呼你的班導師。」

「——好痛！」

儘管古城被不可視的衝擊波揍得人仰馬翻，還是對站在那月背後的人工生命體少女露出微笑。

「謝啦，亞絲塔露蒂。妳救了我一命。」

「……沒有問題，第四真祖。」

亞絲塔露蒂穿插了疑惑似的短瞬沉默，然後答道。未含感情的平板嗓音。然而，其語尾有一絲顫抖。以往沒有被任何人感謝過的她，或許對意外拋來的道謝之語正感到困惑。

「學長！」

手握銀槍的雪菜從二樓通道縱身跳下。她似乎透過咒力強化了腿力，著地無驚無險。

「姬柊，妳沒事吧？」

「我不要緊。可是，被那個人偶逃掉了。」

雪菜回答完古城的疑問，就仰望了頭頂上。

天花板沒有八腿人偶的身影。她混在濃霧中躲起來了。

「史娃妮塔嗎？」

那月朝雪菜問了一聲。雪菜表情凝重地點頭。

「是的。那是跟亞絲塔露蒂由同一名魔法師製造出來的活體人偶。將魔具埋藏在人工生命體肉身之內，半人半機械的自律兵器。」

「——轉學生，妳怎麼會知道那些？」

那月蹙眉問了雪菜。

「之前我跟她交手過。學長得了感冒向學校請假休養時，就正好被她襲擊——」

雪菜說到一半，才發現自己失言而把話吞回去。她說自己遇過史娃妮塔，等於是把翹課照顧古城的事情招了出來。

「妳是說，曉因為感冒而臥床休息時，妳碰巧跟他在一起？」

「呃，不是的，那是因為，我有任務……」

哼——那月微微吐氣，雪菜便尷尬地隨之退縮。

古城無奈地搖了頭。現在並不是介意那些瑣事的時候。

「可是，那傢伙的目標不是我和亞絲塔露蒂嗎？為什麼要攻擊那些沒關係的顧客？」

「我不清楚。不過，剛才的她，外表和氣質都跟我最初遇見時不一樣了。而且也感受不到理應在操控她的魔法師氣息。」

「表示她無視於魔法師主人的命令，已經失控了……？」

「很有可能是那樣。也許她是想收集大量魔力，取得和學長對抗的力量——」

「收集魔力？為什麼事到如今還要那樣做……？」

古城歪頭問了一句。即使史娃妮塔是再高等的活體人偶，應該也無法親自使用魔法。古城不明白她索求魔力有何理由。

「那是她體內埋藏的魔具所致。收集到的魔力，應該是用來驅動那套魔具的動力來源。」

那月對古城的疑問做出回答。古城警覺地睜大眼睛說：

「魔具？難不成，行使『傀儡創造』魔法的就是那套魔具……？」

「原來你有察覺到『傀儡創造』。是轉學生教的吧。」

那月略感佩服似的看向古城。

「雖然魔具的底細不明，但是操控那些人偶的肯定就是史娃妮塔才對。要同時操控數百具傀儡，除了運用機械人偶的演算能力外別無他法。」

「意思是……那些人偶，都是史娃妮塔獨自在操控？」

古城聲音沙啞地嘀咕。作亂的人偶總數，恐怕有五百具以上。竟然是單單一具人偶在操控，無法輕易置信。就算機械人偶的迴路能承受魔具的功率，對於具備人工生命體活體組織的史娃妮塔來說，那種負擔應該會伴隨相當大的痛苦。

然而，史娃妮塔的設計者是會進行非人道實驗，將眷獸移植到人工生命體身上的那種人。要將魔具安裝在自己的作品，或許他根本不會遲疑，滿不在乎地就能下手。

結果，現在的史娃妮塔只會為了收集大量魔力而行動。

對那樣的她來說，第四真祖的龐大魔力，應該是求之不得的目標。

古城等人並不是偶然被事件捲入。因為他們來到這裡，購物商場才會遭受襲擊。擺了數百具人偶的購物商場，對於操控雕像的史娃妮塔來說，是最為有利的戰場。

「……這樣的話，只要阻止史娃妮塔，那些人偶就會停下動作對吧？」

古城用了凶猛的口吻嘀咕。既然史娃妮塔隻身引發了這次事件，解決的方式便簡單明瞭。打倒她就行了。這陣濃霧的出現，還有那些人偶的失控，恐怕都可以迎刃而解。

「說得是。我認為用『雪霞狼』就能破壞魔具，讓史娃妮塔無力化。在那之前，只要請學長用眷獸制止那些人偶的行動──」

雪菜一邊沉下臉色，一邊表示同意。

「不過這樣一來，問題就在於……」

「凪沙嗎……」

「是的。」

「會穿幫，對吧。」

「會穿幫呢。」

古城帶著苦惱的表情嘆氣，雪菜也抿脣表示同意。

在這座購物商場裡面，關著好幾百名顧客。當中也包含凪沙。而不巧的是，他們都盡可能往霧氣薄弱的樓頂上逃了。假如古城跟史娃妮塔交手，他的模樣大概也會被凪沙目睹。

當然，古城身為吸血鬼一事也會穿幫。

那會在患有魔族恐懼症的凪沙面前穿幫。不過——

「呃……也許不至於喔……」

被逼得捧頭苦惱的古城忽然嘀咕了一句。

「學長？」

雪菜用納悶的目光看向古城。

但古城什麼也沒有回答。他望著的，是位於面前的無人廣場正中央。

在那裡有半毀的臨時舞台，以及舞台後的表演者休息室。

9

平安無事的顧客，幾乎都聚集到購物商場樓頂了。與其說他們是自發性地逃難，不如說在拚命逃離人偶襲擊的過程中，自然而然就到了這裡。狀況反倒比較像被逼到了無處可逃的樓頂。

避難者人數約為七八百名。當中也有曉凪沙的身影。

「冷靜下來！請各位來賓冷靜。」

疑似購物商場負責人（Manager）的人物扯開嗓門喊道。

即使如此，群眾的鼓譟聲仍未消失。耳裡可聽見小朋友們啜泣的聲音。

「不需要擔心。特區警備隊似乎正往這裡趕來。雖然濃霧延誤了抵達的時間，不過估計就快要到了──」

「快要到了？你說的快要究竟是什麼時候！」

有個中年男性顧客用失去寬裕的口氣向負責人爭辯。不滿的聲音便跟著在樓頂紛紛出現。

「這座購物商場是怎麼搞的啊！」

「那些人偶，不都是這家店的備用品嗎！」

「這、這個嘛——」

負責人像是快要哭出來地歪了臉。他何嘗會明白情況。購物商場僱用的保全人員，大多都率先遭到人偶們攻擊而失去聯絡了。

「古城哥……」

凪沙坐在樓頂一隅，從互鬥的那些大人身上別開了目光。她跟救了自己的獸人男子在半路上走散了。相對地，現在凪沙身邊都是年紀不大的小朋友。凪沙正努力安慰他們，藉此讓自己勉強保持平靜。

於是從凪沙他們背後，傳來了缺乏抑揚頓挫的機械性嗓音。

「以目視確認新的生命力供給源——」

同時尖叫聲便在樓頂紛紛傳出。

純白頭髮的人偶率領著無數模特兒人偶，吱吱嘎嘎地用金屬腿硬是爬上了牆壁。樣似蜘蛛的八腿下肢，以及燒爛的右半邊身體。那副模樣，正是在國高中女生之間口耳相傳的殺人人偶。

「噫……噫～～！」

「唔、唔哇啊啊啊啊啊！」

被模特兒人偶攻擊的群眾隨慘叫四處逃竄。然而，樓頂的出入口已經被人偶封鎖。已經無處可逃。這座樓頂成了餵養殺人人偶的場所。

「魔具運作率百分之七十六。連接中的傀儡總數為四百五十七。損傷三十八。耗損率百分之七點七。無礙於作戰進行。」

白髮的殺人人偶面無表情地睥睨四周。

不久，其視線投注於一點了。她望著的是凪沙。跟殺人人偶目光相接，使得凪沙微微地倒抽一口氣。

「發現龐大的潛在魔力保有者。設定為最優先目標。執行吧——」

殺人人偶靜靜地宣告。跨過圍欄而來的人偶們同時朝凪沙回頭。

「什麼……？這是怎樣？」

凪沙怕得一邊發抖，一邊閉了眼睛。為什麼自己會成為目標？凪沙當然不明白。她明白的，就只有已經逃不掉了這一點。人偶們殺來的腳步聲傳進凪沙耳裡。有東西轟然碎散的聲音響起。

「古城哥……！」

凪沙無意識地呼喚了哥哥的名字。隨後，在他們耳邊「哇」地響起了小朋友們的歡呼聲。有熱風吹動凪沙的瀏海，可以感受到人偶們無聲無息地飛了出去的跡象。

「耗損率上升。作戰行動出現阻礙。開始排除。」

理應不具感情的殺人人偶，聲音裡摻雜了一絲動搖。

凪沙戰戰兢兢地將眼皮睜開。待在她身邊的那些小朋友，臉上浮現了滿面的笑容，以及充滿期待的燦爛表情。

有道圓滾滾的身影披著耀眼雷光，將樓頂出現的模特兒人偶逐步驅散。常人不可能擁有的驚人戰鬥能力。

可是，凪沙即使看著他作戰也不覺得害怕。因為在那裡的，並不是魔族。帶著迷糊眼神，而且又胖又矮的那套布偶裝是——

「塔爾塔爾加……？」

為了援助凪沙他們而俐落趕來樓頂的救星，是魔法少女假面兔兔的可靠搭檔，黃色的烏龜妖精。

「塔爾塔爾加……？」

「咦……那是真貨嗎……？」

「是塔爾塔爾加！塔爾塔爾加來了耶！」

「那不是剛才在英雄秀出現的……」

在樓頂避難的群眾之間，有鼓譟聲悄悄地蔓延開來。

特攝節目吉祥物直接以活動中演出的模樣現身，來拯救被怪物攻擊的人們了。那幕光景實在太荒謬，衝擊性足以讓人們停止思考，並且從恐懼中獲得解放。

「可惡……穿這套布偶裝，未免太難活動了吧……！」

古城一邊感受到從四面八方扎過來的視線，一邊在布偶裝裡搞得汗流浹背。

他之所以穿上擱在活動舞台的塔爾塔爾加戲服，目的並非是要振奮眾人的勇氣。古城只是想掩飾自己的身分罷了。為了不讓凪沙發現他是吸血鬼。

「總算找到妳了，史娃妮塔。妳這次的排場滿壯觀的嘛！」

即使如此，古城仍一邊將聚集而來的人偶甩開，一邊站到了史娃妮塔面前。

由於魔力外洩，古城所穿的布偶裝有青白色雷光籠罩於雙拳。

克制不住的怒氣，使得魔力開始失控了。史娃妮塔讓凪沙遭受到危險。這一點犯了古城的大忌。

「提問——你為何要阻擾我？」

白髮人偶用毫無感情的目光望向古城。感應到魔力的她，應該已發現古城的身分。即使看了古怪的烏龜布偶裝，她仍面色不改。

「我的目的是取得『永恆』。那是人偶師大人賦予我的存在意義。可是，你卻將『永恆』給了試驗體（亞絲塔露蒂）。不是給身為人偶師大人最高傑作的我，而是給那個不完整的廢棄品——」

史娃妮塔的嗓音微微地顫抖了。她首度表露的感情是憤怒，以及嫉妒。她嫉妒亞絲塔露蒂。她嫉妒亞絲塔露蒂從古城那裡獲得魔力供給，得到了「永恆」——得到世上頭一個眷獸共生型人工生命體的「榮譽」。可是——

「妳說『永恆』……？亞絲塔露蒂什麼時候追求過那種東西了？」

古城蘊藏怒氣的嗓音，將史娃妮塔說的話蓋了過去。雖然布偶裝讓他的聲音變得模糊，但是要溝通似乎勉強還行。

「亞絲塔露蒂（那傢伙）曾經叫我逃。儘管被人當成搞沉絃神島的道具來利用，那傢伙仍拚命想多救一條命。她跟沒有接到命令，就為了自己而傷害別人的妳不一樣！」

「……無法理解。無法理解。我是正常地在運作。」

史娃妮塔冷冷地告訴古城。她的左臂往左右兩邊裂開，從中彈出了巨大的開山刀。開山

刀的刀刃沾著漆黑汙漬。那是她以往傷害過的人所留下的血跡。

「是嗎？既然這樣，我只能盡全力阻止妳了。我要砸爛妳，史娃妮塔！別怪我！」

古城揮了籠罩雷光的右臂。彷彿要保護史娃妮塔而聚集來的大群人偶，被他一拳轟得粉碎。雖然力道猛到連購物商場的建築物都冒出龜裂，但是那對現在的古城來說是小問題。只要身分不穿幫就無所謂。

然而，儘管古城面對人偶占盡優勢，周圍人們的臉上卻只有疑惑。小朋友們尤其顯得不安。

稍作思考之後，古城便想通了。小朋友們會覺得不安，是他的口氣害的。古城身上穿著塔爾塔爾加的布偶裝，卻用判若他人的口氣講話，小朋友們大概在懷疑他是冒牌貨。

「我、我要砸爛妳塔爾！別怪我塔爾！接下來，是屬於我的正義塔爾……！」

總之為隱藏自己的身分，古城就有樣學樣地改口了。雖然他對學得像不像不太有自信，但是之前在舞台上看見的烏龜妖精，應該就是這樣講話的。

而且，幸好古城的努力得到了回報。

小朋友們聽見古城的定場詞，就「哇」地一起發出歡呼了。

他們的喜悅也傳到了大人身上，不久便化為足以撼動整座樓頂的聲援。

即使在如此異樣的氣氛中，史娃妮塔依舊冷靜。

從她右手伸出了鋼絲，將附近的顧客們拖來。為了保護自己不受古城攻擊，她打算用無關的人類當肉盾。

古城變得無法動手以後，模特兒人偶就從左右兩旁撲了過來。原本聲援古城的人們看見那一幕，便發出尖叫。

然而，人偶的攻擊並沒有觸及古城。

銀色閃光撕裂大氣疾奔而過，將她們無力化。

「不，學……錯了，塔爾塔爾加！是我們的正義才對！」

著地後好似陪伴在古城身旁的人，是個嬌小的少女。奉獅子王機關之令，手持全金屬製銀色長槍——「雪霞狼」而來的劍巫。

她那副模樣，讓古城在布偶裝裡看得目瞪口呆。

「姬、姬柊……妳的打扮……」

「請不要盯著我看！」

假面魔法少女一邊用手掩著短短的裙襬，一邊瞪向古城。

她身上穿的衣服，是以兔女郎為藍本的魔法少女裝。

大膽露出肩膀與背後的無袖上衣；用荷葉邊點綴的鮮豔迷你裙，服裝既可愛又性感。有面具遮著眼睛，應該算聊勝於無的慰藉。

「愛、愛的監視者，魔法少女假面兔兔！」

雪菜幾乎是自暴自棄地舞出槍花，並且高喊。

噢噢——鼓譟聲撼動了購物商場的樓頂。逃到樓頂的那些特攝迷，聲勢驚人地開了閃光燈拍照。「那把長槍是什麼？」「新裝備（玩具）嗎？」「什麼時候開賣？」諸如此類的狂熱對話，也有傳到古城耳裡。

「我們上吧，塔爾塔爾加！」

雪菜拋開羞恥喊了出來。銀色長槍無聲無息地探出槍尖，將擋住去路的人偶們刺穿，雪菜憑更勝正職武打演員的精彩身手，鑽到史娃妮塔的懷裡。

「雪霞狼」以槍鋒將鋼絲斬斷，解救了淪為人質的群眾。事情發生在連眨眼都來不及的剎那之間。

「繼承『焰光夜伯（Kaleido Blood）』血脈之人，曉……不對，是妖精塔爾塔爾加，在此解放汝的枷鎖——！」

古城朝著湧來的大群人偶伸出了右臂。深紅血霧從手臂噴出，幻化為身披雷光的巨獅英姿。濃密得足以具有自我意志的魔力聚合體——第四真祖的眷獸。

「迅即到來，第五眷獸『獅子之黃金』——！」

全長近十公尺的雷光巨獅，將大群人偶沖散了。

第四真祖率領的十二頭眷獸，各自具有匹敵天災而超乎常識的破壞力。即使有幾百具樹脂人偶結夥進攻，也根本不可能是對手。

史娃妮塔的肉體像被雷打中一樣，帶著電抖了起來。

傀儡被破壞的傷害，正透過史娃妮塔體內埋藏的「傀儡創造」魔具，折磨著身為施術者的她。

「住手吧，史娃妮塔！」

古城拚了命地呼喚痛苦掙扎的殺人人偶。他用的眷獸太過強大，再鬥下去肯定會毀掉史娃妮塔。史娃妮塔本身應該也了解這一點。

但即使如此，史娃妮塔仍不肯接納古城說的話。

「命令拒絕……命令拒絕命令拒絕命令拒絕！」

史娃妮塔的腹部裂開了一大道。從中出現的是大口徑機關砲。她打算無分目標地用留到最後的那項武器胡亂開火。

當古城有所察覺時，雪菜已經採取動作了。

「——狻猊之神子暨高神劍巫於此祀求。」

雪菜隨銀槍起舞。好似向神祈願勝利的劍士；或者也好似授予勝利預言的巫女。籠罩著她手中長槍的光，是神格振動波的耀眼光芒。

「破魔的曙光，雪霞的神狼，速以鋼之神威助我伐滅惡神百鬼！」

隨閃光探出的長槍，貫穿了史娃妮塔的胸口。

霎時間，史娃妮塔的全身便像結凍一樣停下動作。彷彿她無法憑自我意志活動，單純只是一具美麗的人偶──

「啟動核出現嚴重損傷。無法操控。全武裝無法啟動……判斷要繼續戰鬥會有困難。人偶師大人，請給我指示……人偶師大人……」

史娃妮塔仍睜大眼睛，不停地嘀咕著。腿部的機械裝置失去力氣以後，她的身體大幅傾斜。準備就這樣墜落的她，被古城抱住了。

「結束了，史娃妮塔。妳不用再戰鬥了……就這樣睡吧，永永遠遠。」

「永……遠……」

史娃妮塔在聽見古城那句話的瞬間，臉上浮現了心滿意足般的安穩表情。

「命令領受……」

純白頭髮的人偶闔起眼皮。自此她再也沒有睜開眼睛。

古城悄悄地讓變得不會動的人偶躺下，然後嘆出一小口氣。

在殘留的白茫霧氣之中，史娃妮塔安祥地成眠了。她總算得到了，過去她不惜失控也始終在追求的「永恆」──

11

經過一晚的星期一早上——

古城如往常出了家門，在通學用的單軌列車上被甩得搖來晃去。同樣要上學的雪菜在他身邊也能看見蹤影。

離上課時間還有寬裕，車裡大概是因為如此而難得空著。不過，抓著吊環的兩個人臉上都明顯留有濃厚的倦色。

「昨天實在有夠慘的……」

古城一邊用空洞的眼神望著窗外，一邊深深嘆息。

雪菜仰望他那樣的臉龐，無力地微笑了。

「真的耶。風波鬧得那麼大，幸好沒有人因此喪命。」

「光是史娃妮塔就夠棘手的了，累的是還被那群小鬼頭纏上。我還以為逃不過死劫。」

「我則是被要求握手和簽名的一群男人追著跑，相當折騰……」

古城和雪菜語帶自嘲地互相說完，便洩氣地垂下肩膀。

打扮成魔法少女攔阻失控的史娃妮塔，一直到拯救眾人為止都還好，不過真正折騰的是之後那些狀況。雪菜他們錯失開溜的時機，就被逃到樓頂避難的群眾當成救命恩人圍住。興奮的大人與不懂收斂的小鬼頭全都擠上來，身分差點穿幫的狀況發生過不只一兩次。他們能設法藏起真面目逃掉，幾乎接近奇蹟。

後來沒過多久，特區警備隊的部隊便抵達現場。傷患立刻得到救助，風波沒有出現多大的混亂就收尾了。

將史娃妮塔回收的則是南宮那月。

令古城他們吃驚的是，史娃妮塔的主人「人偶師」早已遇害。史娃妮塔這個殺害製作者的人偶名字被大肆報導，透過報紙與網路新聞，社會上的人們得知了她的樣貌。

得知她以往的美麗樣貌——

「……『永遠』保持美麗嗎……說不定，她的願望算是實現了。」

古城在嘴裡喃喃自語。

沒能拯救她的苦楚，像看不見的刺一樣扎在古城胸口。些微的齒輪誤差，導致史娃妮塔的命運就此走偏。假如沒發生過那些，或許也能像亞絲塔露蒂一樣，跟她相互理解才對。

「學長？」

雪菜關心地探頭看向古城沮喪的表情。古城則交換心情似的搖頭，對她露出了苦笑。

「呃，沒事。不說那些了，結果，昨天妳沒有買到衣服耶。」

「啊，是的。對耶，可以的話，能不能請學長再陪我逛街呢？」

「當然可以啊。畢竟Lydian紘神大概這週末就會重新營業。」

「謝謝學長。希望黑色貓又又緊身褲不會賣完。」

「是、是喔……也對啦……」

除了雪菜以外，感覺不會有別的顧客想要那種貨色，但古城還是附和了一聲。沒過多久，單軌列車就載著兩人抵達離彩海學園最近的車站。熟悉且一如往常的車站建築。不過古城他們會露出困惑之色，則是車站內異常擁擠所致。

「啊，古城哥！還有雪菜！」

古城等人走下樓梯前往驗票口，有個嬌小的女學生便叫住他們。

「咦，凪沙？妳在這種地方做什麼？社團不是要晨練嗎？」

「不是說那些的時候了啦！快來快來！那邊的螢幕，正在報昨天那件事！你們看！」

「昨天那件事？」

古城和雪菜仍帶著納悶的臉色，就被凪沙又拖又拉地帶到了車站設置的電視螢幕前面。周圍有人群聚集。看來那就是擁擠的原因。

『──所以，以上就是在紘神市發生困守事件的購物商場所轉播的畫面。話說，真教人

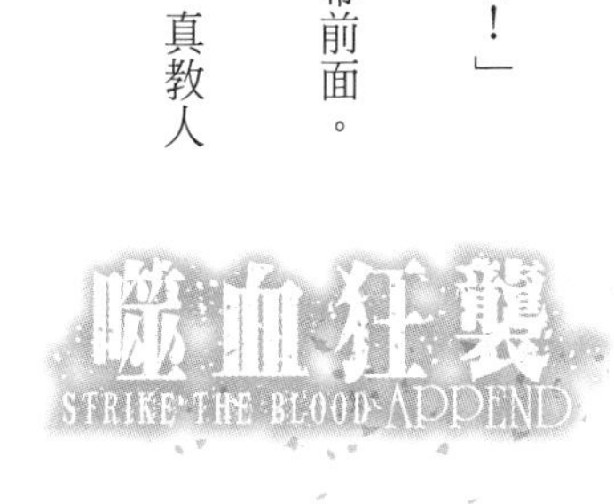

吃驚。濫用機械人偶的凶惡作案方式自然不提，協助解決的人物據說還扮成特攝英雄。』

新聞節目的女播報員語氣認真地講述感想。轉播畫面中的景象，則是古城他們都十分熟悉的大型商業設施內部。

『對呀。簡直就是正義的使者，啊，畫面有出來嗎？這是捲入事件的一般民眾在當時拍下來的影片——』

那樣的畫面突然切換。外行人(Amateur)在事件現場拍攝的影片。被純白霧氣籠罩的景物中，有個嬌小少女毫不留情地將大群模特兒人偶撂倒。

少女身上穿的，是暴露的魔法少女角色扮演裝。將銀色長槍操控自如的她，正在與異形殺人人偶展開死鬥。

「姬柊……那個人影……是妳對吧？」

古城低聲在雪菜耳邊嘀咕了一句。

雪菜短短地驚呼：「什！」之後就什麼也沒有回答。她瞠目無言了。

『唉，真是漂亮的身手。在現實世界拯救眾人的勇敢女主角，還是個身穿可愛服裝的神祕美少女，使得這段影片受到全世界注目，據說光是昨晚就在網路的影片投稿網站被人存取了一百萬次以上。』

「什……什……！」

雪菜逐漸羞得滿臉通紅。

被訓練為攻魔師的她，武藝即使跟特攝英雄節目中的打戲相比也不會遜色。凜然英姿簡直不像現實中的光景。可是，她那敏捷的身手都被一五一十地拍下來了。會覺得鏡頭特別強調胸部、屁股和大腿，恐怕並不是古城的心理作用。

「好厲害，拍得那麼清楚。不愧是特攝迷……」

「為、為什麼學長要一直看嘛！」

雪菜淚汪汪地瞪向古城。可是，眼睛被假面兔兔影片吸引住的不只古城。由於眾人都在仰望螢幕，讓車站更添擁擠。電視台大概是認為可以博取收視率，就一直反覆重播雪菜戰鬥的畫面。

『關於這位魔法少女的身分，若有觀眾曉得什麼情報，請務必與敝台聯絡。我們對可靠情報將會支付最高一百萬圓的獎金。』

新聞節目的播報員淡然地朗讀訊息。

一百萬圓的金額讓古城不禁倒抽一口氣。

「不、不要啦啊啊啊啊啊！」

雪菜被古城看著，就縮成一團尖聲叫了出來。

如此這般，儘管有人在內心留下了抹不去的傷痕，紘神島仍再次恢復和平了。

縱使那不過是世界最強吸血鬼「第四真祖」與負責監視他的少女所帶來的短暫平穩——

殘留的朝霧在不知不覺中淡去，耀眼的太陽正照耀著人工島的大地。

紘神島今天似乎還是會很熱。

Episode“Legacy Of The Doll Maker”

——The End.

後記

就這樣，《噬血狂襲 APPEND1》已向各位奉上。

本作是將動畫《噬血狂襲》當成DVD／藍光光碟購入特典發表的四段系列短篇，添寫修正為文庫出版用的篇章。以時間順序來說，位於文庫第一集與第二集之間，主要是〈聖者的右臂〉事件的後話。如今重讀，會覺得登場角色比現在青澀許多，尤其是剛認識的古城和雪菜。

這次收錄的短篇，都是旨在補充資訊給看動畫才認識作品的觀眾，還有介紹角色及作品世界觀而寫的。儘管情節大致串連在一起，各話的主要登場人物及場景會換來換去，便是因此所致。

我個人就喜歡描寫這種在大事件背後發生的小事件，所以每次都寫得很開心。若您能滿意便是我的榮幸。

■有關〈學長，請保重〉

我從以前就想安排照顧病人的橋段，這是雪菜照料古城的故事。不死之身的吸血鬼是否會生病？認真一想似乎是很有深度的問題，我就用近似「哥倫布的蛋」的解讀方式，華麗地將其解決了（沒那麼誇張）。

雪菜做菜的場面，以前也有描寫過幾次，可憐的是，對於廚藝並沒有給予太多善意的評價。如同她本人所主張的一樣，雪菜絕非廚藝不好。只是思路全專注於求生，還在食材之類的條件吃了虧而已。

■有關〈媛與魔女的圓舞曲〉

紗矢華與那月在探案過程中，各自遇上無比強敵的故事。系列中我最喜歡的篇章之一。與看不見蹤影的敵人展開以心計為主的戰鬥，感覺有點新鮮而且有趣。基於劇情設計，紗矢華大多會被強調出窩囊的那一面，不過以規格來說，她是最受優待的女主角之一。扯來扯去，她跟作中最強等級的人物也能戰得平分秋色。

■有關〈人偶之夜〉

嘗試以筆觸略帶驚悚為目標，由淺蔥主秀的一回。無意間也成了描寫淺蔥和亞絲塔露蒂和解的篇章。其實寫到在彩海學園上游泳課，或許是整部系列的第一次。現在重讀會覺得淺蔥滿腦子戀愛卻又負責動腦，還充滿男子氣概（而且不幸）的特色，比正篇發揮得更鮮明。

這段篇章所利用的化學反應，可以在影片投稿網站看到，但因為非常危險，請千萬不要模仿淺蔥的行為。我說真的。

■有關〈永恆的終結〉

史娃妮塔篇的最終回。為了炒熱場面，筆觸變得像殭屍電影風格的恐慌片。雪菜的形象，就是個不在乎流行的體育派運動服少女，很高興終於能在作品中反映出這一點。

另外，這篇的內容與特典版略有不同。主要是雪菜的打扮。關於雪菜在特典版所穿的服裝，請容我一併與マニャ子老師的精美插畫，當成各位購買ＤＶＤ／藍光光碟後所能獨享的樂趣。在情節方面並無大幅變更，請放心。

那麼，《噬血狂襲》的外傳大致就是以這種形式向各位奉上了，第二本《APPEND 2》，我也希望能盡快奉上。這是以古城等人就讀的彩海學園所舉辦的文化祭「彩昂祭」為主題。在這集末登場的角色也各自會有活躍的場面，敬請期待。

還有系列正篇的劇情也持續在進行安排。作品世界中最危險的人物終於登陸絃神島，故事已在此進入佳境。還請各位繼續給予指教。

接著則要向負責本作插畫的マニャ子老師道謝，誠摯感謝您這次也完成了精美的畫作。對製作／發行本書有關的所有人士，我也要一併致上由衷的謝意。

當然，對於讀完本書的各位讀者，我也要致上最高的感謝。

但願我們還能在下一集相見。

三雲岳斗

國家圖書館出版品預行編目(CIP)資料

噬血狂襲APPEND 1 人偶師的遺產 / 三雲岳斗作；鄭人彥譯 -- 初版. -- 臺北市：臺灣角川, 2019.07

面；　公分

譯自：ストライク・ザ・ブラッドAPPEND 1 人形師の遺産

ISBN 978-957-743-096-0(平裝)

861.57　　108007945

Kadokawa
Fantastic
Novels

噬血狂襲 APPEND 1
人偶師的遺產

（原著名：ストライク・ザ・ブラッド APPEND 1 人形師の遺產）

2019年7月29日　初版第1刷發行
2024年7月29日　初版第2刷發行

作　　者：三雲岳斗
插　　畫：マニャ子
日版設計：渡邊宏一
譯　　者：鄭人彥

發 行 人：台灣角川股份有限公司
總 監：呂慧君
總 編 輯：蔡佩芬
主　　編：林秀儒
編　　輯：孫千棻
設計指導：陳晞叡
美術設計：黃永漢
印　　務：李明修（主任）、張加恩（主任）、張凱棋、潘尚琪

發 行 所：台灣角川股份有限公司
地　　址：104台北市中山區松江路223號3樓
電　　話：(02) 2515-3000
傳　　真：(02) 2515-0033
網　　址：www.kadokawa.com.tw
劃撥帳戶：台灣角川股份有限公司
劃撥帳號：19487412
法律顧問：有澤法律事務所
製　　版：巨茂科技印刷有限公司
ISBN：978-957-743-096-0